吸血鬼と栄光の椅子

赤川次郎

集英社文庫

イラストレーション／ホラグチカヨ
目次デザイン／川谷デザイン

吸血鬼と栄光の椅子

赤川次郎

集英社文庫

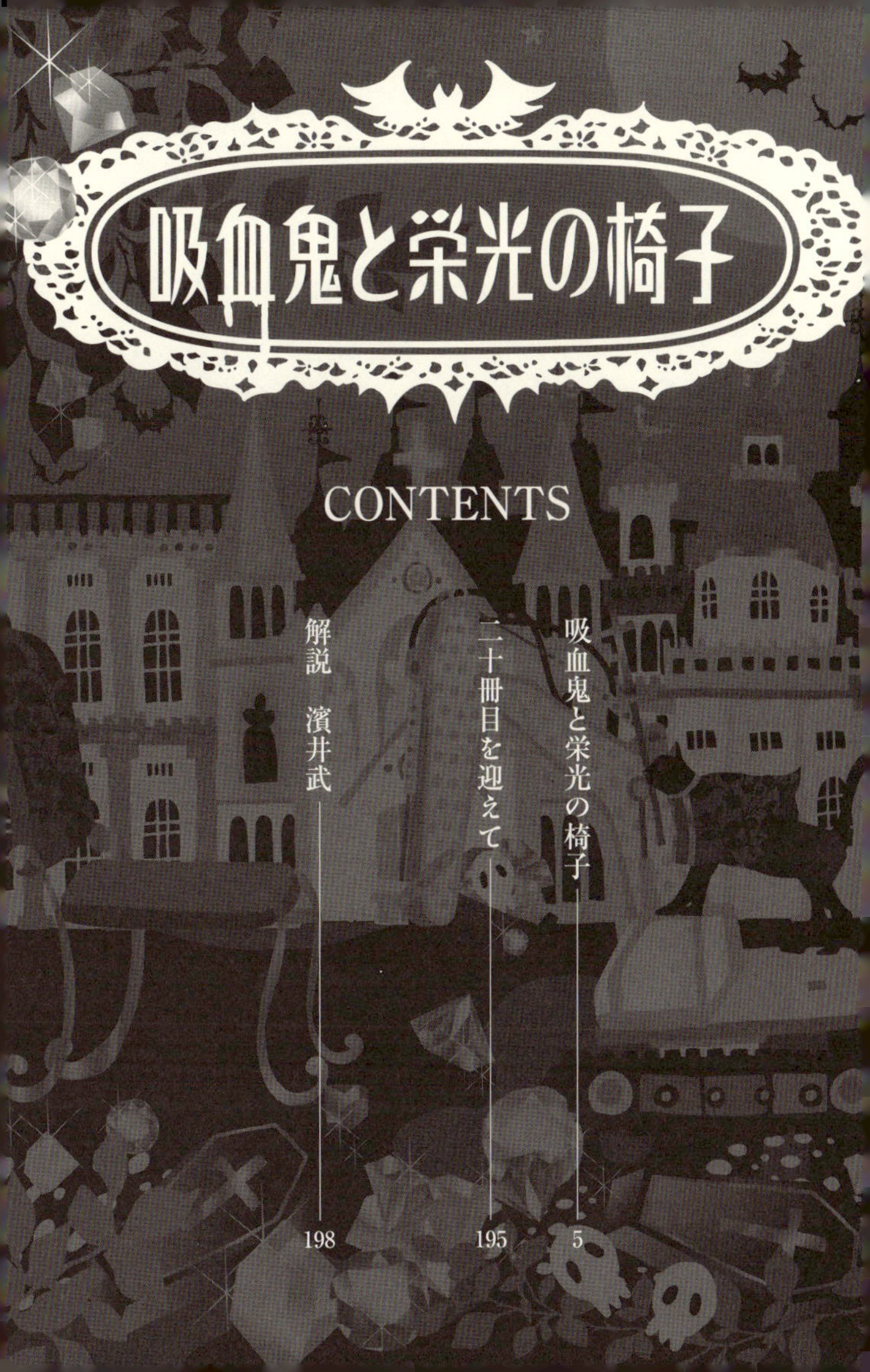

吸血鬼と栄光の椅子

CONTENTS

吸血鬼と栄光の椅子 —— 5
二十冊目を迎えて —— 195
解説　濱井武 —— 198

吸血鬼と栄光の椅子

カタコンベ

どうも調子がおかしい。

——パワーショベルを操りながら、マックスは首をかしげた。

こんなことはめったにないのだが、可愛い〈アンナ〉が言うことを聞こうとしないのである。

「おい、もう昼飯だぜ！」

と、仲間たちが声をかける。

「先に行っててくれ」

マックスはそう言って手を振った。

みんな大して驚かない。——マックスは「ちょっと変わった奴」ということになっているからだ。

何しろ、自分が乗るパワーショベルに〈アンナ〉という名前をつけている。これだけで充分に変わっている。

それと、昼休みになっても、「きりのいいところ」まで仕事をしないと、休む気になれない、というのも、ウィーンっ子としては珍しいのである。

――オーストリアの首都、ウィーン。

かつて、ヨーロッパのほとんどをその支配下におさめていたハプスブルグ王朝の都。

どこの都市でも、観光シーズンは限られていて、他の時期は人が少ないが、ここウィーンは別だ。一年中、観光客が途切れることがない。

そして、長い過去の栄光を、あらゆる街角、路地の奥にも秘めているのだ。

――今、マックスは〈アンナ〉を使って、ほとんど崩れてしまった古い礼拝堂の跡を整理していた。

〈アンナ〉は決して新しい機械ではない。いや、むしろ「旧型」に属するだろう。

しかし、マックスがていねいに手入れし、決して無理な使い方をして来なかったので、今も〈アンナ〉はマックスの手足のように動いてくれる。

その〈アンナ〉の調子がどうもおかしい。

「——どうしたの？」

と、黄色いヘルメットをかぶったルネが声をかけて来る。

「どうもおかしい」

マックスは首を振って、

「こいつが、こんなに言うことを聞かないのは初めてだよ」

「床が傾いてるのよ」

ルネは、この現場の監督である。まだ二十代の若い女性だ。

五十になるマックスから見れば、娘のようなものである。

しかし、遺跡や古代建築に関して、専門知識があり、仕事熱心でもあるので、マックスとしてはやりやすい監督だった。

むろん、同僚の中には、

「あんな娘っ子の言うことなんか聞けるか」

と言う者もいる。

「——傾いてるくらいじゃ、こいつはびくともしないよ」

「そうね」

　ルネは微笑んで、

「きっと今日は少し機嫌が悪いのよ。お昼休みを取らせてあげたら？」

〈アンナ〉は、突然ガタガタと揺れると、ヒューッと息の抜けるような音がして、ついに止まってしまった。

「やれやれ」

　マックスは肩をすくめ、

「分かったよ。昼飯を食ったら、ちゃんと見てやるからな」

と、〈アンナ〉から下りた。

「――いつもお昼はどこで？」

　と、ルネが訊《き》いた。

「その辺のマックだな」

「あんなもので足りるの？」

「三つも食えば、何とかなる」

「呆《あき》れた。――じゃ、今日は私がごちそうするわ。〈F〉のパスタはおいしいわよ」

「あんたにおごらせるのか？　悪いね」

「たまにはいいでしょ」

二人は、礼拝堂の跡から外へ出た。

明るい青空が広がっている。

「その細い道を抜けるとすぐ――」

と、ルネが言いかけたとき、背後で凄《すご》い音がして、足下が揺れた。

「地震か？」

「――見て！」

ルネが振り向いて言った。

マックスも振り返って仰天《ぎょうてん》した。

礼拝堂の床が、十メートル四方ぐらい、ボコッと抜けて穴があいているのだ。

「〈アンナ〉が……」

と、マックスは呟《つぶや》いた。

〈アンナ〉は、落ちた床と共に、姿を消してしまっていた。

「あなたを救ったんだわ」

と、ルネが言った。

「ちゃんと動いてたら、あなたも巻き込まれてた」

「そうだな」

ルネの言い方が嬉しかった。

「しかし何ごとだ?」

ルネは、用心しながらその巨大な穴のへりまで行って下を覗《のぞ》いた。

「——カタコンベだわ」

「何だって?」

「カタコンベ。地下墓地よ」

「それくらい知ってる。ローマでも見たよ」

「ここにあったのを、誰も知らなくて、放っておいたんだわ」

ルネの顔は上気している。

危ないのも忘れている様子で、ルネは穴の中を覗いた。

「まだ崩れるかもしれないぜ」

と、マックスが注意したが、ルネの耳には入らない様子だった。

「――いつのものかしら。ずいぶん広そうよ」

「こんな町の中にカタコンベが？」

「セント・シュテファンのカタコンベだって第二次大戦の爆撃で壊れた所を修理していて発見されたのよ。ここは小さな教会ですもの。忘れられていてもふしぎはないわ」

ルネは目を輝かせていた。

「遺跡の発見ってことになると、厄介だな」

マックスには、この仕事が中断されてしまうことの方が心配だった。

「私、このことを先生に連絡してくるわ」

「先生って、あの長いヒゲのじいさんかい？」

「小倉《おぐら》先生を『じいさん』はひどいわ」

と、ルネは笑って、

「日本人とオーストリア人のハーフで、すてきな方よ」

「そりゃ分かってるが……」

「ここをお願い。この穴のそばへ誰も近付けないで。先生を連れて戻るわ」

「ああ、分かった。──仕事は中止か」

「調査しないと、何とも言えないけど、たぶんね」

「やれやれ。何か他の仕事を捜さなくちゃな」

と、マックスがため息をつく。

「あら、でも──もし、この地下のカタコンベを本格的に調査することになれば、人手がいるわ。ぜひ力を貸して」

「俺はただの工事屋だよ」

「でも、パワーショベルの腕はデリケートですばらしいわ。きっと必要になると思う」

「ありがとう。ともかく今は──」

「ええ、よろしく。できるだけ早く戻るわ」

ルネが穴のふちから離れようとしたときだった。

突然、ルネのはおった作業着の裾《すそ》を、何かがつかんで、凄い力で穴の方へと引き戻したのだ。

「キャッ！」

と、ルネが叫んだ。

そのまま、ルネの体は暗い穴の中へ落ちて行くかと思った——そのとき、ルネの手を力強くつかんだ手があった。

ルネはぐいと引き上げられた。そして、礼拝堂の床に倒れ込んだのだった。

「——大丈夫かな？」

という声に顔を上げると、何ともふしぎな格好の男が立っていた。

ちょうど昔ながらの吸血鬼映画に登場するドラキュラ伯爵《はくしやく》そのまま、長いマントを身にまとっている。

「——ありがとうございます」

と、ルネは言って、立ち上がった。

「おい、危なかったな」

マックスが、呆気《あつけ》に取られている。

「ええ……」

あれは何だったのだろう？

「ここは何だね？」

と、そのマントの男は、奇妙ななまりのあるドイツ語で言った。

「工事中に床が落ちて。カタコンベではないかと思って、調べてもらおうとしていたところです」

「でも急に誰かに穴の方へ引っ張られて……」

ルネはそう言って、

「引っ張った、と言うより、かみついたのだな」

「え？」

「それを見なさい」

ルネは、作業着の裾が、何かに食いちぎられたようにギザギザに破られているのを見て愕然《がくぜん》とした。

「これって……何かしら？　——何か見た？」

と、ルネはマックスに訊いた。

「いや、何だか突然のことで」

と、マックスも当惑している。

「ただ——あんたのいる辺りが急に暗くなったように見えたな」

「暗く？」

ルネは、ポッカリと床にあいた穴の方を振り返った。――底は日が入らず、暗い。

「でも……。ともかく、助けて下さって、ありがとうございました」

と、ルネは、そのマントの紳士に礼を言った。

「いや、大したことではない」

と、紳士は首を振って、

「ともかく、この地下を調べるときは、充分に用心することだ」

と、付け加えた。

「はい……」

そのとき、

「お父さん！」

と、元気よくやって来た若い女の子。

「ここにいたの。捜したよ」

「ちょっと寄ってみた」

「お父さん、古いものが好きだからね」

「あの……日本の方ですか」

ルネが日本語で問いかける。

「日本語を？」

「はい。大学での恩師が日系の方で。私も日本に二年間留学していました」

「それはそれは。——私はフォン・クロロック。これは娘のエリカです」

「ルネ・クラウスです」

「お父さん、みんな待ってるよ」

「分かった。——では、これで」

と、行きかけたクロロックへ、

「あの——まだウィーンにご滞在ですの？」

「あと三、四日は」

と、クロロックが答える。

「ホテルは〈S〉です。——では失礼」

「どうも……」

ルネは、その父娘《おやこ》の後ろ姿を眺めていた。

「――日本人かね」

と、マックスが言う。

「父親の方はこっちの人ね。どこか東欧の――ルーマニア辺りのなまりじゃないかしら」

ルネは、そのときになって、

「でも、落ちそうになった私を、片手で引っ張り上げた。凄い力だったわ」

と、ひとり言のように言った。

生命の息吹

「あなた！　虎《とら》ちゃんを見ててね！」

と、クロロックの妻、涼子《りようこ》が言った。

「分かった。どこかへ行くのか」

「買い物よ！　お友だちがみんな知ってるんですもの、うちがウィーンへ来てること。何か買って帰らないと」

「分かった。まあ、ゆっくり見ておいで」

クロロックは、一緒に歩いているガイドの青年へ、

「君、家内について行ってやってくれ」

と言った。

「はい！」

畑中《はたなか》というその青年、ウィーンの音楽大学に留学しているとかで、アルバイトに、こうして観光ガイドの仕事をしているのだそうだ。

よくせっせと駆け回るので、涼子は気に入っている。

「――爽《さわ》やかね」

と、エリカは言った。

「うん」

「初夏でも、こっちは湿気が少ないものね。カラッとして気持ちいい」

クロロックはちょっと笑って、

「トランシルヴァニアの山奥へ入ってみろ。昼間もろくに日が射さん。カラッとしてるどころじゃないぞ」

「でもお父さんの故郷でしょ」

「まあな」

フォン・クロロックは、ヨーロッパの山中深く、長く続いて来た「吸血鬼の名門」(?)。民衆の迫害を逃れて日本までやって来たクロロックが、日本の女性と結婚して生まれたのが神代《かみしろ》エリカである。

その妻を亡くしたクロロックは、その後、エリカより一つ年下という、若い涼子と再婚。虎ちゃん、こと虎ノ介《とらのすけ》が生まれた。

今、ウィーンきっての目抜き通り、ケルントナー通りを元気よく駆け回っているのが、かの「虎ちゃん」である。

「明日だったか、お前の友だちが来るのは」

「うん。明日の夜着く」

エリカと同じ大学に通う親友たち、橋口《はしぐち》みどりと大月千代子《おおつきちよこ》が、エリカたちに付き合って短い大学の休みにウィーンへ来ることになっているのである。

「――さっきの教会だがな……」

と、クロロックが言った。

「何だか、妙な雰囲気だったね」

「お前もそう思ったか」

「あの地下って、相当用心しないとまずいんじゃない？」

「確かにな」

と、クロロックは肯《うなず》いて、

「しかし、あのルネという娘、なかなか利口だ。非科学的なことでも受け入れるだけの心の余裕がある」

頭のいい人間の困るところは、「理解できないこと」に出会うと「起こるはずがない」と拒否反応を起こしてしまうこと。

「世の中で起こっていることなど、人間には分からんことの方がずっと多いのだ」

と、いうのが、クロロックの口ぐせだ。

何百年も生きている吸血鬼など、「科学的人間」から見れば「イカレてる奴」としか思えまい。

「でも、地下に何があるのかな」

と、エリカは言った。

「虎ちゃん！　あんまり遠くへ行ってはいかんぞ」

クロロックがマントを翻《ひるがえ》して、虎ちゃんを追いかけて行く。

エリカは苦笑いして、

「吸血鬼も『子育て』で忙しいんだ」

ワーッという歓声と拍手。

何ごと？

エリカが見上げると、古い都とはいえ真新しいビルもいくつも建っていて、その壁面に、東京でもよくある巨大スクリーン。

液晶画面には、どこかスタジアムのような場所で壇上に立ち、歓声と拍手に応《こた》える、聖職者らしい男の姿が映っている。

「――やれやれ。紐《ひも》でもつけとくか」

クロロックが虎ちゃんの手を引いて戻って来た。

「お父さん、あの人、知ってる？」

「どれだ？　――ああ、あれか」

クロロックは肯いて、

「枢機卿《すうきけい》だ。確かこのオーストリアの出身だろう」

「それで人気があるの」

「次のローマ法王の第一候補とか言われとる。オスカーとかいう名だったのではないかな」

カトリック教会の頂点にいるのはローマ法王だが、その下が枢機卿だ。

ローマ法王は枢機卿の中から選ばれるのである。

今の法王は病の床にあって、死期が近いと言われていた。

「オスカー、オスカーって呼んでるのか」

エリカは、その画面に映る群衆が声を合わせて叫んでいる言葉が、やっと聞き取れた。

やっと群衆が静かになると、オスカーという枢機卿は、マイクの前に立って、何か話し始めた。

だが——エリカはドイツ語が分かるわけではないが、父親譲りの耳の良さのおかげで、並の人間よりも聞き取る力があり、大方の内容は見当がつく。

「人気はありそうだけど……」

「聖職者というより政治家だな」

と、クロロックが言って、

「——おかしいぞ」

エリカは、画面に映った枢機卿が、突然苦しげに胸を押さえてよろけるのを見た。

そして、そのまま壇上にバタッと倒れてしまう。

一瞬の沈黙の後、大騒ぎになった。

大勢が倒れた枢機卿の周りへ駆け寄って、何も見えなくなってしまった。そして画面は大混乱になった会場からパッとトマトジュースのＣＭへ切り換わった。

「──発作？」

「心臓だな、あれは」

「ひどいみたいだったね」

「おそらく助かるまい」

と、クロロックは言って首を振った。

「気の毒だが……」

「先生！」

ルネが大声で呼ぶと、日当たりのいいベンチでウトウトしていた、長いひげの男がハッと目をさました。

「──何だ、君か」

「先生、捜しましたよ！　この間、ケータイをプレゼントしたじゃありませんか」

「あれか。ずっと持ってたんだが——電池が切れたらしい。買いに行くのが面倒でな」

ルネは呆《あき》れて、

「あれは充電するんです。いちいち取り替えないんですよ」

「そうか。知らなかった」

フリッツ・小倉《おぐら》は大欠伸《おおあくび》をして、

「今日、講義があったかな？」

「私は先生の秘書じゃないんですから」

「それもそうだな」

大学の構内。——ベンチから立ち上がると、フリッツ・小倉は伸びをした。

「先生、すぐ一緒に来て下さい」

「何だね？」

「古い礼拝堂の床下に、カタコンベらしいものを見付けたんです！」

ルネの声は興奮で上ずっていた。

「ほう。——どこの話だ？」

ルネの説明を聞くと、フリッツ・小倉もさすがに少し興味を示して、

「面白そうだ。――では行ってみよう。委員会へは？」

「真っ先に先生に見ていただきたくて」

「結構だ。委員会の裁定を待ってたら、カタコンベが埋まってしまう」

二人は大学を出た。

ルネは自分が乗って来た小型車にフリッツを乗せて、あの礼拝堂へと向かった。

途中、赤信号で停まっていると、人々が電器店の店頭のＴＶを集まって見ているのが目に留まった。

「何かあったんでしょうか」

「うむ……。チラッとオスカー枢機卿の顔が映っていたようだな」

「ああ、今日市庁舎前広場でお話しされることになってましたよ」

ルネは信号が青になったので、車をスタートさせた。

「――やっぱり、次のローマ法王はオスカー・ベリーでしょうか」

と、運転しながらルネは言った。

すると、フリッツの顔が突然こわばって、

「とんでもない！」

と、激しい口調で言い切ったのである。

「あんな男がローマ法王になるなど、許せん！　君はいいと思ってるのか？」

ルネはびっくりして、

「――すみません。別に深い意味で言ったのでは……」

「いや、すまん」

フリッツは、即座にいつもの穏やかな口調に戻って、

「柄《がら》にもなく興奮してしまった」

「長いこと、先生の弟子をやりましたが、先生が我を失うほど興奮されるのを、初めて見ましたわ」

「年がいもなく、すまん」

「いいえ」

ルネは微笑んで、

「先生も人間だと分かって、嬉しいです」

「おいおい……」

フリッツ・小倉は、少し照れたように苦笑した。

「——もうじきです」

ルネは、車を細い小路《こみち》に入れた。

「ここか？」

フリッツは、崩れた礼拝堂の入り口を見て言った。

「先生、ご存知なんですか、ここを？」

ルネの問いに、フリッツは答えず、車が停まるとすぐに外へ出て、しばらく黙って外見を見つめていた。

「——先生」

「昔、ちょっとした因縁でね」

と、フリッツは言って、

「さあ、中へ入ろう」

と促した。

そして、中へ入ると、床に大きくあいた穴を見て、目をみはった。

「こいつは凄《すご》い」

「ね？　これって、大発見ですよね」

「まあ、下を見ないと何とも言えんが」

フリッツは、穴の底へかけられたはしごを見て、

「誰か下りてるのか？」

「いえ、そんなこと……」

と言ったが、周囲を見回して、

「マックスがいないわ」

「マックス？」

「パワーショベルの……。見張りに残しておいたの」

どうしたんだろう？　――ルネは不安になった。

だが、そのとき、穴の中から、

「ルネ！　あんたかい？」

というマックスの声が聞こえて来たのである。

「マックス！　大丈夫なの？」

と、穴の中を覗《のぞ》き込んで、ルネはびっくりした。

さっきは闇の中に沈んで、何も見えなかったのに、今はずいぶん明るくなっているのだ。

そして、もっとびっくりしたのは――。

「見てくれ！」

マックスが嬉しそうな声を上げた。

床が落ちたとき、一緒に落ちたパワーショベル〈アンナ〉が特にどこも壊れている様子もなく、マックスを運転席に乗せていたのだ。

「――動くの？」

と、ルネが訊《き》くと、マックスは答える代わりに、レバーを操って、〈アンナ〉を動かして見せた。

「どうだい！　以前より動きが滑《なめ》らかになった。まるで新品になったみたいだよ」

「良かったわね」

「ここを片付けるなら、下ろす手間がいらない。こいつで、いつでもやってやるぜ」

マックスは嬉しくてたまらないという口調だ。

「だめよ！」

と、ルネがあわてて言った。

「ちゃんと調べてから。分かった？」

「ああ、分かってる」

フリッツが下を覗き込んで、

「はしごを下りて見てみよう。君、どうする？」

「もちろん、一緒に行きます」

ルネは、おっかなびっくりのフリッツよりも、はるかに身軽に穴の底へ下り立った。

「奥があるな」

「カタコンベでしょ？」

「それらしい作りだ」

ルネが小型のライトを取り出して点《つ》けた。

崩れた部分は、広いスペースになっており、そこから四方へトンネルのような通路が伸びていた。

「ともかく、一つに入ってみよう」

と、フリッツが言った。

「私が先に。足下に気を付けて下さいね」

ルネがライトで足下を照らしながら進んで行く。

「――これは深いな。大規模なものだ」

石をつみ上げてできたアーチ形の通路を進んで行くと、ルネは、

「先に何かあります」

と言った。

「何だ?」

ライトの中に白く浮かび上がったのは――おびただしい数の人骨だった。

一体何百人分あるのか、見当がつかない。無造作に、山積みされている。

「――いつのものでしょう?」

「見たところ、三百年くらいはたっているだろうな」

フリッツは学者らしく冷静に観察している。

ルネは白骨の山を前にして、さすがに青くなっていた。

突然、ルネのポケットでケータイが鳴り出し、ルネは飛び上がるほどびっくりした。

「——はい。——あ、どうも。——え？　——本当に？　——分かりました」

ルネが通話を切ると、

「先生。オスカー枢機卿が亡くなったそうです」

と言った。

フリッツの反応は、ルネを驚かせた。

さっきの言葉で、オスカー枢機卿を嫌っていると思っていたのだが、死んだと聞いてフリッツはわずかな明かりの中でもそれと分かるほど青ざめたのである。

「死んだ！　——本当か！」

「ええ、演説中に心臓発作で倒れて……」

「そうか……」

「先生、大丈夫ですか？」

フリッツは息をついて、

「我々二人で、この白骨の山を調べるのは無理だ。それに、踏み荒らしてもいけない。一旦戻って、歴史発掘委員会へ連絡しよう」

「でも、先生――」

ルネは不服だった。委員会の仕事は遅く、往々《おうおう》にして古い権威を振りかざす老教授の名前を出すための口実にされる。

しかし、そのことはフリッツが一番良く知っているはずだ。

ルネは、フリッツがここから出て一人になりたいのだろうと察して、その言葉に従うことにした。

「――どうだったね」

〈アンナ〉の上で、マックスが待っていた。

「美人が大勢いたわ。ただし、骨になってたね」

「やっぱりカタコンベかね」

「たぶんね。――ともかく一度上りましょう」

「俺も？」

「〈アンナ〉とここに泊まる？　いい夢を見られるかもね」

と、ルネは笑った。

「分かったよ。――こいつを上げるのは、ちょっと大変だがな」

「発掘の方針がはっきりするまで、こうしておきましょう」

「分かった。――おい、それじゃ、おとなしくしてろよ」

マックスは、〈アンナ〉をポンと叩いて言った。

フリッツは先にはしごを上って行っていた。

ルネが上ってみると、フリッツは崩れた礼拝堂の入り口に、ルネの方へ背を向けて立っている。

ルネは、声をかけたものかどうか、迷いながら、フリッツの方へ歩いて行ったが――ふとフリッツの呟《つぶや》くのを耳にした。

「始まったのか……。ついに」

それは深いため息と共に、嘆《なげ》くように言われたのだった……。

エリカ、ガイドする

「お望みは？」

と、エリカは言った。

「そうね」

ウィーン空港からホテルへ向かう車の中で、大月千代子《おおつきちよこ》は言った。

「クリムト、エゴン・シーレ、ココシュカの絵が見たい」

「了解。みどりは？」

飛行機の中で、ずっと映画を見ていて寝不足のみどりは、欠伸《あくび》しながら、

「ザッハ・トルテ」

「もう！　食べるものの話ばっかり」

と、千代子が苦笑いして、

「ずっと機内食についての文句を聞かされてたのよ」

「だって、まずいんだもの」

と、みどりは言った。

ザッハ・トルテは日本でもよくある、固いチョコレートで外側を覆《おお》ったケーキ。もともとはウィーンのホテル・ザッハーで考案されたものだ。

「ザッハ・トルテ食べるなら、少し行列しないとね。でも、回転が早いから、そう待たなくても食べられるよ」

「それと、ウインナ・シュニッツェル、『第三の男』の観覧車、中央墓地……」

「みどりったら、ウィーンの定期観光バスじゃないんだから」

と、エリカが笑った。

「お父さんたちはどうしてるの？」

「お母さんに引っ張られて、買い物に付き合ってるわ。毎日よくあれだけ買うものがあると思って」

タクシーはウィーンの市内へ入った。空港からは二十分ほどだ。

「——何だかさびれてるね」

と、みどりが町並を見ながら言った。

「この辺は市の中心じゃないのよ」

と、エリカが説明する。

「それにしたって……」

すると、タクシーが急ブレーキをかけて停まった。

「キャッ！」

後ろに乗っていたみどりと千代子は、危うく前の座席との仕切りに頭をぶつけそうになった。

「どうしたの？」

「デモかしら」

エリカは、道に広がってやって来る人々の列を眺めて言った。

運転手が何やらブツブツ言っている。

「——誰かのお葬式？」

と、千代子が言った。

何人かが、大きなモノクロの写真を高く掲げていたのだ。

「あれ――昨日死んだ人だ」

と、エリカは言った。

「知ってる人？」

「違うわよ。枢機卿《すうきけい》なの。カトリックの。オスカーっていったかな」

「〈スーキケー〉って？」

みどりが目をパチクリさせている。

「ローマ法王の次に偉いのよ、カトリックでは」

千代子がそう言って、タクシーの窓から、通り過ぎて行く人々を眺めている。

そのときだった。――行列の後ろの方で騒ぎが起こったのだ。

悲鳴が上がり、逃げ出す人々が見える。

「――どうしたのかしら？」

エリカは、じっと騒ぎの起こった方を見つめた。

ふしぎな金属音が聞こえて来た。

あれは何の音だろう？

そして、突然、逃げていた若い女性が、宙へ放り上げられるのが見えた。

ワーッと人々が逃げ惑《まど》う。

それが見えたとき、エリカは目を疑った。——工事現場で見かける、パワーショベルだ。

あの金属音は、キャタピラの回る音だった。

しかし、そのパワーショベルには誰も乗っていなかった。

誰も運転していないのに、人々を追い回し、はね飛ばしたり、その大きな鉄の器《うつわ》で、人をすくい上げては投げ落としているのだ。

「何よ、あれ!」

と、千代子が目を丸くする。

タクシーがバックした。このままではパワーショベルと衝突してしまうからだろう。

エリカは、もう少しそのパワーショベルをよく見ておきたかったが、みどりたちを乗せているし、トランクには二人の荷物も入っている。

タクシーが向きを変えて逃げ出すのを、止めるわけにもいかなかった……。

「ワーイ、ヨーロッパだ！」

ホテルのロビーに入った千代子が声を上げた。

百年近い歴史のあるホテル。その宮殿のようなロビーは、正に「ヨーロッパ」の雰囲気を溢《あふ》れさせていた。

「おお、よく来たな」

ロビーのソファから、クロロックが立ち上がった。

「お父さん、一人？　お母さんは？」

「虎《とら》ちゃんが眠くなって、ぐずり出したのでな。部屋へ行って寝かせている」

「そう。——あのね、妙な歓迎を受けたんだ」

エリカが、途中で見たパワーショベルのことを話すと、クロロックは眉をくもらせて、

「心配したようなことでなければいいが」

と、首を振った。

「昨日の、あの礼拝堂と関係あるの？」

「それはどうかな。——あちらから話しにみえたようだ」

エリカが振り向くと、昨日会った、ルネという女性が入って来るところだった。

「――クロロックさん」

ルネはクロロックと握手して、

「お邪魔して申しわけありません。実は……」

「まあ、かけなさい」

みどりと千代子は、

「スーツケースを開けて、シャワーを浴びたい」

というので、一旦部屋へ。

「一時間はかかるだろう」

と、ロビーのソファにかけて、クロロックは言った。

「実は――私の大学の恩師、フリッツ・小倉《おぐら》先生のことなんです」

エリカも交えて、ルネは日本語で話し始めた。

昨日のカタコンベらしい地下のトンネルの話をして、

「――何だか先生の反応が普通じゃないので、気になって」

と言った。

「まあ、個人的にあのオスカー枢機卿を知っていたのだろうな」

「それにしても、あのカタコンベを〈歴史発掘委員会〉に任せたら、半年や一年は放ったらかされてしまいます。何しろ、委員会は中での勢力争いに、ほとんどのエネルギーを消費しているので」

「どこも似たようなものだな」

と、クロロックはニヤリと笑った。

「昨日、あなたに助けていただいて――。あなたが、ああいう場所にとてもお詳しいのでは、と思いました」

「まあ、年の功というやつだ」

「あそこを見ていただけないでしょうか」

と、ルネが身をのり出す。

「私は歴史学者ではない。ただの一企業の社長に過ぎん」

「ですが、私には感じられるんです。あなたがきっと事情を理解して下さるって」

なかなかのせるのが上手《うま》い人だ、とエリカは思った。

しかし、エリカには別の「事情」も感じられる。――涼子《りようこ》がルネを見たら、さぞかしやきもちをやくだろうということが。

「行ってみよう」

と、クロロックは肯《うなず》いた。

「ありがとうございます！」

ルネは立ち上がって深々とおじぎをした。

「エリカ。お前はここに残っていてくれ」

「どうして？」

「涼子たちのことを頼む」

「分かった。でも――何かありそうなの？」

と、エリカは小声で訊《き》く。

「分からん。しかし、お前の見たもの、、だけでも、警戒に値《あたい》する」

「分かった」

と、エリカは肯いた。

「じゃ、早速……」

ルネは、表に停めていた自分の小型車にクロロックを乗せて、あの礼拝堂へ向かった。

途中、カーラジオがニュースを流し始めた。

エリカたちが出くわした、あのふしぎな出来事である。

ルネは、「パワーショベルが人を襲った」と聞いて、動揺した。

「──妙なことが起こるな」

と、クロロックが言うと、

「ええ、本当に。──もうじきです」

ルネは、何とか平静を装っていた。

やがて、車が着く。

「これでは、誰でも出入りできるな」

と、クロロックは言った。

「ええ。でも、〈立入禁止〉にするには、委員会へ届けないと」

「なるほど。難しいところだ」

二人は、礼拝堂の中へ入って行った。

ルネは穴の中を覗《のぞ》くと、ホッとした様子だった。

「どうかしたかね?」

「いえ……。さっきのニュースで――」

「パワーショベルか」

「ええ。――まさか、と思って」

クロロックは、穴の底にまるで息づくようなパワーショベルを見下ろした。

「もし、ここからなくなってたらどうしようかと思って……」

「誰が乗っているのかね」

「マックスです。とても腕のいい人で……」

ルネがマックスと、その愛機の〈アンナ〉のことを話すのを、クロロックは真面《まじ》目《め》に聞いていた。

「――下りてみよう」

「はい。――はしごはそのままですから」

ルネが先に立って穴の中へ下りて行く。

クロロックが続いて下りると、周囲を見渡した。

「どうかしましたか?」

「いや、匂《にお》いが――」

「何か匂いますか？　地下ですし、長いこと埋もれて……」

「いや逆だ」

と、クロロックは言った。

「カタコンベなのに、〈死の匂い〉がしない」

「そうですか。でも、トンネルの奥に行くと、きっと凄《すご》いですよ」

ルネは小型のライトをつけると、先に立ってトンネルの中へ入って行く。

クロロックはその通路の壁や足下をゆっくりと確かめながら、ついて行く。

「この先に、白骨の山が――」

と、ルネは言って、急に立ち止まった。

「どうした？」

「こんな……こんなことって！　あるわけないわ！」

ルネの声は震えていた。

「ここかね」

クロロックはルネのライトの照らす先を見た。

そこは、広い部屋で、かなりの奥行があったが、しかし、あの山をなしていた人骨は、全く残っていなかった。

まるきり空っぽだったのだ。

「こんなこと……。ここに白骨が山のように積まれてたんです！」

と、ルネは叫んだ。

「一夜の内に、どこかへ行ってしまったというわけか」

「嘘じゃないんです！　本当に――」

ルネが必死に言い張るのを、

「分かっている」

と、クロロックは抑えて、

「嘘なら、その方がどんなにいいか。嘘でないからこそ困るのだ」

と言った。

ルネはクロロックを見て、

「クロロックさん……。あなたはどういう方なんですか？」

「私か。私は、この辺りの歴史を長く見続けて来た者だよ」

クロロックはそう言って、

「他の通路も調べてみよう」

と、ルネを促した。

トンネルの行先

電話がしつこく鳴り続け、河合卓郎《かわいたくろう》はついに根負けしてベッドから手を伸ばした。

「――ヤア」

「河合か。俺だよ」

日本語が聞こえてくるとホッとする。

「何だ。どうした？」

「寝てたのか？　もう昼すぎだぜ」

「放っといてくれ」

「目をさませよ。――耳よりな話があるんだ！」

「何だ、それ？」

「ともかく出て来いって。三十分したら、〈ツェントラル〉で待ってる」

「三十分？　一時間にしろ」

と、河合は言った。

「金がほしいんだろ。少しは努力しろよ」

金と聞くと、河合も少し目がさめる。

「分かった。できるだけ早く行く」

と、河合は言った。

電話を切って、伸びをすると、

「どうしたの？」

と、女の声がして、河合は仰天《ぎょうてん》した。

「そうか！　お前、ゆうべ泊まったんだっけ」

「何よ、失礼ね」

と、ベッドの中から顔を出したのは、河合と同様、このウィーンに留学してピアノを学ぶ内、何となく住みついてしまった、飯田《いいだ》さと子。

二人とも二十七、八の、少し年齢のいった留学生だ。

「酔ってたんだ、ゆうべは」

と、河合は頭を振って、

「出かけてくる」

「どこへ？」

「〈ツェントラル〉だ」

ウィーンでも、古い歴史のあるカフェの一つである。

「私も行くわ。コーヒーが飲みたい」

飯田さと子はベッドから出て服を着た。

「——電話、誰からだったの？」

「畑中《はたなか》さ」

「何かいい話？」

「あいつはそう言ってた」

「じゃ、確かかもね。少なくとも、あんたよりは」

さと子にそう言われて、河合はちょっと渋い顔をしたが、いつもいつも「その内、でっかく儲《もう》けてやる」と言い続けて何年もたつ。そう言われても言い返すわけにもいかない。

「ともかく、奴の話を聞いてからだ」

と、河合は言って、もう一度大欠伸《おおあくび》をした。


ウィーン名物の一つである「カフェ」。

昔から、作家、詩人、作曲家、画家といった人々が、ウィーンのカフェに陣取って何時間も議論に時を忘れたものだ。

もちろん今ではそんな風景は見られなくなったが、多くのカフェは今、ウィーンの重要な観光スポットとして健在である。

「カフェ・ツェントラル」は、中でも百年以上の歴史を持ち、十九世紀の「世紀末文化」を担《にな》った場所でもある。

今の〈ツェントラル〉は、他のカフェ同様、観光客でにぎわっている。

高い天井。太い円柱の並ぶ店内は、礼拝堂と言われても納得しそうだ。

河合と飯田さと子が〈ツェントラル〉に入ったのは、畑中の電話から四十分後だった。

〈ツェントラル〉の入り口を入ると、すぐわきのテーブルにひげを生やした男が座っている。

それはあまりに自然な格好なので、店にやって来た客も、ほとんどそれが人形だとは気付かない。

十九世紀末の詩人、ペーター・アルテンベルクは、毎日この〈ツェントラル〉の同じ席で一日を過ごしていたので、今もその「指定席」に座り続けているのだ。

河合は〈ツェントラル〉へ入ると、必ずアルテンベルクの人形の肩を軽く叩いて行くのが習慣になっていた。

「――やあ」

少し奥の方の席に、畑中を見付けて、河合は手を振った。

「私も一緒に来ちゃった」

と、さと子が席につくと、

「どうしたの、畑中君？」

とびっくりして声を上げた。

「――どうかして見えるかい、僕？」

と、畑中は言った。

「目が充血して、くまができて、ひどい顔よ。寝てないの？」

「忙しくてね、ここんとこ」

と、畑中は肩をすくめた。

「そんなことより、いい話って何だ？」

コーヒーを注文してから、河合がせかせる。

「ああ。――僕の今ガイドしてる客の話を耳にしてな、確かめてみた。〈D通り〉の礼拝堂の跡にカタコンベが見付かったらしい」

「何だ、死人の話か」

と、河合ががっかりした様子で、

「生きてる人間の話はないのか？」

「聞けよ。――礼拝堂の地下から、トンネルが何本かのびてる。その一本は〈G街〉の角まで行ってるんだ」

「〈G街〉の角って、何かあったっけ？」

「忘れたのか？　かの〈P〉の本店だ」

〈P〉は、ヨーロッパ有数の宝石商である。

「そうか。そうだったな」

「トンネルの先は、井戸に出てる。〈P〉の店の中庭にあって、忘れられてる古い井戸だ」

「それがどうしたの？」

と、さと子が訊《き》く。

「まさか宝石泥棒をやろうって言うんじゃないでしょうね？」

「それも悪くないぜ」

と、河合が言うと、さと子は呆《あき》れたように、

「たとえ盗んだって、どうやって売り捌《さば》くの？　現金にならなきゃ、ハンバーガー一つ買えやしない。私たちは、そんなものを売るルートなんて知らないのよ」

「むろん、さと子さんの言う通りさ」

と、畑中が肯《うなず》いて、

「狙うのは宝石じゃない。現金さ」

「そんな多額の現金があるの？」

「月に一日だけある。友だちが、〈P〉のガードマンをやったことがあって、知っ

てるんだ。〈P〉は、由緒正しい名門の家が暮らしに困って先祖代々伝わる宝石を売りに出すのを買い取ることがよくあるっていうんだ」

「どこも苦しいのね」

「その取引は極秘だ。売る方も名前を出したくない。売買は現金、それも領収証も何もない」

「記録に残らないってわけか」

「毎月、月末にその手の支払いをする。だから、その前日、〈P〉の本店には日本円で億になる現金があるんだ」

河合は身をのり出して、

「手はずは？」

「中庭からは、簡単に店の中に入れる。宝石に関してはセキュリティも厳しいが、それ以外は旧式な金庫に入っている」

河合の目は輝いてきた。

「おい、それはやれそうじゃないか」

「そうだろ？」

と、畑中が得意げに言った。

しかし、さと子はコーヒーをゆっくりと飲みながら、

「そうかしら？　いくら旧式ったって、金庫は金庫よ。私たちじゃ開けられないわ」

「それぐらい、何とかなるさ」

河合は不機嫌そうに、

「金が欲しくないのか、お前？」

「欲しいわよ、もちろん」

さと子は言い返した。

「でもね、捕まりたくないんだったら、大きな声で『金、金』って言わないことね」

河合は渋い顔でそっぽを向いた。さと子はいつもクールで落ちついている。言い合っても、必ず言い負かされてしまうのである。

畑中はちょっと笑って、

「さと子さんの心配は当然だよ。いくら旧式な金庫でも、僕らの力じゃ持って逃げるわけにいかない。だがね、金庫を開ける、腕の立つ奴がいるんだ。任せてくれ」

「OK。で、いつやるんだ？」

と、河合は舌なめずりせんばかりだ。

さと子が皮肉っぽく、

「月末の前の日だけ、って言われたでしょ。ということは——明日の夜？」

「その通り」

「でも、準備が……」

「僕の方でやる。心配しないで」

と、畑中は言った。

「決まった！　集合は？」

「その礼拝堂の前で、夜中の一時。——どうだい？」

「夜なら元気だぞ。任しとけ」

河合は妙な自慢をして、

「そうと決まったら、今の内に寝とくよ」

と、立ち上がって、さっさと出口へ。

「ちょっと！　待ってよ！」

さと子があわてて財布を出すと、河合と自分のコーヒー代をテーブルに置いて、河合の後を追う。

「さと子さん」

と、畑中が呼び止める。

さと子は振り返った。

「──明日の晩、待ってるよ」

畑中が小さく手を振る。

「ええ……」

さと子は曖昧《あいまい》に肯くと、急ぎ足で〈ツェントラル〉を出た。

「──ねえ、待って！」

さと子は河合に追いつくと、腕をつかんだ。

「何だよ。あんまり大仕事の前に疲れるとまずくないか？」

「何を考えてんの？」

と、さと子は呆れて、

「考え直した方がいいわ。明日の夜なんて、急すぎるわよ」

「畑中の奴が『任せろ』って言ってるんだ。いいじゃないか」

「変だと思わないの？　畑中さんは、ガイドをやったりして、真面目《まじめ》に稼いで来たわ。いつの間に金庫破りの知り合いができたの？」

「知らねえよ、そんなこと。ともかく大金が入りゃ文句ないんだ。そうだろ？」

さと子は何か言いかけてやめると、

「――分かったわ」

と、肩をすくめた。

「じゃ、帰るぜ。――一緒に来るか？」

さと子は首を振って、

「行く所があるの」

「そうか。それじゃ、明日の夜にな！」

河合はすっかり金を手にしたような様子で踊りのステップを踏みながら――もちろんでたらめだが――石畳の道を行ってしまう。

さと子はため息をつくと、〈ツェントラル〉の方を振り向いた。

畑中はじきに出て来るだろう。

さと子は、駐車してある車のかげに隠れると、〈ツェントラル〉から畑中が出て来るのを待った。

畑中とも、昨日今日の付き合いではない。

さと子には畑中という人間が——もちろん一〇〇パーセントとは言わないが——分かっていた。人間、そう突然に変わりはしないものだ。

畑中は、河合と違って、何事にも慎重な性格で、間違っても強盗に入ると自分から言い出す人間ではない。それが……。

今日の、あの充血した目、全身からにじみ出ている疲労感。

さと子には見当がついていた。——クスリだ。

人間一人、あれほど突然に変えてしまうのは、「麻薬」しかない。

しかも、あれほどの変わりようは、マリファナ程度のもののせいではない。ヘロインあるいはクラックとかスピードと呼ばれる、人の体と心をむしばんでいく恐ろしい薬のせいだろう。

ウィーンも、さと子が留学生としてやって来たころは、麻薬をやっている若者などほとんどいなかった。それがこの二、三年、地下道などで床に座り込んで、うつろな目をして生気のない若者が目につくようになった。

畑中も、誰かの誘いにのってしまったのだろう。

畑中が出て来た。曇って、日射しは弱いのに、まぶしそうにして、足早に歩き出す。

さと子は、少し離れて畑中の後を尾《つ》けて行った。

河合は何も考えていないようだが、もし本当に畑中が、金庫破りや、強盗のベテラン（?）と親しくなっているとしたら、何も河合やさと子を仲間にする必要はない。自分一人で、その仲間たちと組んでやればいいことだ。

河合やさと子は、何ができるというわけではない。そんな大仕事に、却《かえ》って足手まといだろう。

畑中は、細い石畳の道を、あの生気のなかった様子からは信じられないような、速い足どりですり抜けていく。

さと子には、ついて行くのが大変だった。

そして――不意に、畑中の姿が消えた。

どこへ行ったんだろう?

さと子が立ち止まってキョロキョロしていると――キーッと、戸のきしむ音がした。

見れば、石塀の一画に、小さなくぐり戸がある。その戸が、人一人通れるくらい開いていた。

ここへ入ったのだろうか？

さと子はそっとその戸の中へ入ってみた。

――どこかの中庭のようだったが、周囲の建物には人の住んでいる気配がない。

中庭そのものも、背の高い雑草に覆《おお》われている。

少し気味が悪くなったさと子は、出て行こうとして青くなった。戸が閉まっている。

しかも、戸は押しても引いても動かないのである。

そのときだった。――腰ほどの高さの雑草が、突然、さと子の足首に、まるで生きもののように巻きついて来たのだ。

アッと思う間もなく、さと子の両足は雑草に固く絡《から》まれて、動けなくなっていた。

「何よ、これ！」

必死で、巻きついた雑草をちぎり取ろうとするのだが、それはますます蛇のようにきつく巻きついてくるばかり。

これはただの草じゃない！

「助けて！　誰か！」

さと子は恐怖の叫びを上げた。

誰かが立っていた。――誰かとしか言いようがない。

昔の僧侶のような、長い衣をまとって、腰紐《こしひも》を結んでいる。そして深くフードをかぶって、顔は全く見えなかった。

「――誰？」

と、さと子はドイツ語で言った。

その僧服の人間は、雑草の間を、さと子の方へ近付いて来る。

「――何なのよ！　来ないで！」

さと子は両手を振り回した。

しかし、相手は目の前まで来ると、奇妙な呪文のような言葉を呟《つぶや》いた。同時に、腐ったようないやな匂《にお》いが立ちこめる。

その人物は、さと子の方へ手をのばして来た。その手は――白く、骨と皮ばかりになって、とても生きた人間のものとは思えない。

「やめて……」

さと子も恐怖にすくんで、震える声で言うしかなかった。

そのとき、突然雑草が中庭の隅から炎を上げて燃え始めた。僧服の人物がハッと振り向く。炎はたちまち雑草を焼き尽くして迫って来た。

足に巻きついていた雑草がシュッと逃げるように外れる。

同時に、さと子の腕をぐっとつかむ力強い手があった。

「飛ぶぞ」

という声。

次の瞬間、さと子はその声の主に抱え上げられて宙に浮き、塀を飛び越えて、外の通りへ出ていた。

「――大丈夫か？」

それは、映画の吸血鬼のような長いマントをまとった男だった。

「ありがとうございます。あの……」

日本語の通じる、この人は一体……。

「私はフォン・クロロック」

と、その人は言った。

「はあ……」

そのとき、塀の中で、悲しげな声がした。

泣き声のような、そして笛が鳴っているかのような声。

「あれは――」

「焼かれたのだ」

「あの僧服の人ですか」

「『人』ではない。この世のものではないことは分かるだろう」

「でも――」

その声は消えて、中庭の火もたちまち消えた。

「――君はなぜ、あんなものに狙われたのか？」

「分かりません」

と、さと子は言って、

「飯田さと子と申します」

「我々のホテルへ、ちょっとおいで下さるかな？」

と、クロロックが誘う。

「はい……」

さと子はわけも分からず、ただ肯いていた。

そのとき、教会の鐘が一斉に鳴り始めた。

ウィーンの空に、いく重《え》にも重なって、鐘の音が広がって行った。

中庭の影

回廊は静まり返っていた。

午後の穏やかな日射しが、緑の溢《あふ》れる中庭に当たって、快《こころよ》い香りが辺りに広がっている。

アーチ型の窓がぐるりと中庭を囲んで、回廊にはどこか遠くでの人の声がかすかに響いてくる。

――中庭へと足を踏み入れて、枢機卿《すうきけい》はため息をついた。

石のベンチに腰をかける。

いつ作られたものか。――少なくとも、枢機卿の年齢、六十年よりは古いはずだ。

「アントニオ様」

若い司祭で、秘書のホセが急ぎ足でやって来た。

「どうした」

アントニオ枢機卿は、もともとあまり丈夫でない心臓がキュッとしめつけられるような気がした。

「オスカー枢機卿が亡くなられました」

アントニオは息をつくと、

「残念なことだ」

と言った。

「はい、誠に」

ホセは周囲を見回して、人気《ひとけ》のないことを確かめると、

「ですが、私は嬉しいのです。これでアントニオ様が法王になられる可能性が――」

「これ！」

と、アントニオは小声でたしなめた。

「滅多《めった》なことを言うものではない」

「失礼いたしました」

「オスカーのために、祈ろう」

「はい」

二人は両手を組むと、しばし祈りを捧げていた。

「――どうかな」

アントニオが顔を上げる。

「オスカー支持の票は、どれくらい私に回ってくるだろうか」

「三分の一は確実です」

ホセは即座に言った。

まだ、やっと三十を過ぎたばかりのホセはスラリと長身の美青年である。

聖職者の衣をまとってはいるが、ウォール街をビジネススーツで颯爽《さっそう》と歩いている方が似合いそうだ。

そのすぐれた実務能力をアントニオに買われて、秘書役をつとめている。

「三分の一か。――微妙だな」

「他の候補の枢機卿の方々と話し合いを。味方につけられる方が何人かあるはずです」

「うむ……。しかし、工作が目立ってもまずい」

「私にお任せ下さい」

ホセが口もとに笑みを浮かべた。

「うまく機会が作れるか」

「ヴァチカンは世界一小さな国ですが、二人でお話しになるには充分広い場所です」

ホセの気のきいた言い回しに、アントニオはちょっと笑った。

「お前に任せる」

「かしこまりました」

ホセは素早く姿を消した。

「やれやれ……」

アントニオは立ち上がると、中庭の中の遊歩道をゆっくりと歩き出した。

オスカーが死んだ。

次のローマ法王の第一候補だった男。——その死で、事態は大きく変わっている。

オスカーはまだ六十前だった。もし法王になれば、長く在位しただろう。

それは、アントニオら、高齢の枢機卿たちの法王への望みを閉ざすものだった。

政治力、人気、爽《さわ》やかな弁舌……。

オスカーが次の法王に最もふさわしいと分かっていても、内心反感を抱く者も少なくなかったのである。

アントニオもその一人だ。

個人の名誉欲ではない。——いや、いくらかは、そうだ。

聖職者になって、一体誰が夢見ずにいるだろうか。あの、「法王」という栄光の椅子に座ることを。

いつか、自分もそこに座りたい。——聖職者もまた人間である。

アントニオは足を止めた。

「——誰だ?」

人の気配に振り向いたが、誰もいない。

妙だな。——確かに誰かがいたような気がする。いや、今もそこに立っているように感じられる。

それでいて、誰もいない。

首をかしげて、

「気のせいか……」

とひとりごちると、アントニオは歩き出そうとして、ふと風が中庭を吹き抜けていくのを聞いた。

振り向くと、中庭の一角が影になっている。

日がかげったのか？

中庭の上の空を見上げたが、青空に雲一つ出ていない。どういうことだ？

アントニオは目をみはった。

中庭の影は、まるで生きもののように翼を広げて迫って来た。

「神よ！」

と、思わず叫んでいた。

「我を守りたまえ！」

すると、どこか中空で低い笑い声が響いた。

「何者だ！」

と、アントニオが問いかけると、

「俺はお前の味方だ」

と、その声が言った。

「味方？」

「隠すな。法王の椅子を手にしたくて、あれこれ策略をめぐらせているくせに」

「策略など――。誰でもやっている程度のことだけだ」

と、アントニオは言い返して、

「お前は何者だ？　神の家に図々しくも入り込んで――」

「よせよせ」

と、その声は笑って、

「ここも人間が住んでいる限り、『人間の家』さ。お前も、オスカーが死んで喜んでいるではないか」

「喜ぶものか！　あれはすぐれた人物だった」

「もっと素直になれ。恥じることはないぞ。お前と同じ立場の者たちは、みんなそう思っているのだ。『邪魔者が一人減った』とな」

「やめてくれ！　――出て行け！」

「まあ見ろ」

「何だと？」

――中庭に広がった影の中に、まるで映写機で映し出したように、鮮やかな光景が浮かび上がった。「あれは……」

「お前だ」

と、声は言った。

「法王の衣に包まれて。世界のカトリック教徒の頂点だぞ。どうだ？」

確かに、アントニオは自分が法王として、何十万もの人々に向かって祝福を与えている光景を見て、思った。

こうでなくては。――自分こそが、一番あの場所にふさわしい。

「見とれているようだな」

という声にハッと我に返って、

「違う！　私はただ――」

「まあ、無理をするな」

と、その声は笑った。

「憶えといてくれ。俺はお前の味方だ。お前が必要だと思ったときは、いつでも呼べ。手助けする」

「結構だ」

「その内分かるさ」

と、その声は言って、高笑いをした。

そしてその笑い声はたちまち遠ざかって行き、同時に中庭を包んでいた影は潮が引くように消えて行った。

——アントニオは、いつもと何の変わりもない中庭に、呆然と立ち尽くしていた。

今のは何だったのか？

幻覚か。それとも、夢を見たのだろうか。

アントニオは胸に手を当てて、何度か深呼吸した。

悪魔の誘惑だ！　あんなものに耳を貸したら、大変なことになる。

「——失礼いたします」

ホセが、いつの間にか立っていた。

「ホセ。どうした」

「今、リッカルド様がお待ちです」

アントニオとは長い付き合いの枢機卿である。

「よし、行こう」

アントニオは息をついて、中庭を後にした……。

見えない敵

飯田《いいだ》さと子の手にしたコーヒーカップは細かく震えて、なかなか飲めずにいた。

「落ちつけ」

と、クロロックが穏やかに、

「もう安全だ」

「はい……」

さと子は、やっとコーヒーを一口飲んで、

「今思い出しても恐ろしくて……」

「無理もない。しかし、君の聞かせてくれた話も、同様に恐ろしいぞ」

さと子は、留学生仲間の河合《かわい》と畑中《はたなか》が、宝石店〈P〉へ明日の晩に忍び込もうとしていることを、クロロックに打ち明けたのだ。

「わけが分かりません。河合君はともかく、畑中君は、そんなことをする人じゃなかったのに……」

「畑中というのか」

クロロックは眉をひそめて、

「もしかすると……」

クロロックは泊まっているホテル〈S〉のラウンジに、さと子を連れて来ていた。

「──困るじゃないの！」

と、文句を言う声が聞こえて来た。

クロロックにとっては聞き慣れた愛妻、涼子《りようこ》の声だ。

「──あら、あなた」

「買い物だったんだろう」

「ええ。でもね、あのガイドさんが来なかったのよ！　ちゃんと約束は守ってくれないと困るわ」

それでも、しっかり買い物はしたようで、両手に一杯紙袋をさげている。

エリカが虎《とら》ちゃんを抱っこして、

「くたびれた！」

と、やって来た。

「あの二人はどうした？」

「みどりたち？　おみやげを先に買うからって、必死で探し回ってる」

「あのガイドだが、何といったかな」

「畑中さんでしょ。真面目《まじめ》そうな人だったのに」

聞いていたさと子が、

「それって、あの畑中君のことですか」

「ではないかと思うね」

と、クロロックが肯《うなず》く。

「――この子、誰？」

涼子が、さと子を見て顔をしかめる。

「留学生の飯田さと子君だ。ウィーンの名物や安い店に詳しいというのでな」

「まあ、安い店に？」

涼子の機嫌が良くなる。

エリカは、大分女房の扱いの上手《うま》くなったクロロックに、笑いをかみ殺していた。

「さ、虎ちゃんは少しお昼寝しましょ」

涼子が虎ちゃんを抱いてラウンジを出て行く。エリカが荷物を持ってついて行った。

「奥様、お若いんですね」

と、さと子が言った。

「まあな。しかし怖いことにかけてはベテランだ」

さと子が笑って、

「私、もうすっかり立ち直りました」

「それは良かった」

やがてエリカもラウンジへ戻って来て、クロロックとさと子の話を聞いた。

「――妙ね」

と、エリカは考え込んで、

「畑中さんって人、昨日までは少しも麻薬中毒なんて見えなかったわ」

「うん、私もそう思う」

「でも、今日の様子は……」

と、さと子が首を振って、

「あれ、普通じゃありません」

「しかも宝石店に泥棒に入る？——本気かしら」

「まともな人間なら考えんだろう。しかし、何か他に目的があるとしたら……」

「他の目的って？」

「それはまだこれから探るのだ」

クロロックは、さと子の方へ、

「君はその泥棒に同行しない方がいい。危険が待っているぞ」

と忠告した。

「はい……。でも、河合君はだめな人なんです。もし、何かあったら、真っ先に捕まるでしょう」

「そばにいてやりたいか」

「というか——馬鹿なことをしないように見張っておきたいんです」

「その気持ちは分かるが……」

そのとき、ラウンジへ入って来たのは、ルネである。

「フリッツ・小倉《おぐら》先生と連絡がつきません」

と、クロロックへ言った。

不安げに、

「大学の講義を黙って休んでしまっているんです。そんなこと、決してしない方だったのに……」

と、ため息をつく。

「まあ、座りなさい」

ルネを加えて、クロロックは今の状況を説明した。

「カタコンベから白骨が消えた？」

さと子は信じられない、という表情で、

「でも、そんなもの、盗んでどうするんでしょ？」

「そう簡単に盗めないわ。あんなに大量の白骨を」

と、ルネが首を振る。

「そう。盗むのは困難だろうな」

「じゃ、どこへ行ったんでしょう？」

「どこへ――どうやって」

クロロックはひとり言のように呟《つぶや》いてから、

「白骨が、自分たちで出て行ったのなら、分からんこともない」

と言ったので、みんな唖然とした。

「――私を襲った、あの僧服の男ですか」

と、さと子が訊《き》く。

「あれは正に『死の匂《にお》い』を溢《あふ》れさせていた」

と、クロロックが肯く。

「そのことと、オスカー枢機卿《すうきけい》が亡くなったこととも関係が？」

「なければよいがな」

と、クロロックは言ってから、さと子へ訊いた。

「畑中たちが狙っているのは、〈G街〉の角の〈P〉だな」

「そうです」

「〈G街〉の角には、M教会がある。あそこのカタコンベを知っているか」

「噂だけは……。よく学生が肝《きも》だめしで使うとか」

「他と違って、白骨があるんじゃないんです」

と、ルネが言った。

「遺体を納めた棺《ひつぎ》がズラッと並んでいて……。もっと生々しい墓地ですね」

「〈P〉だけが目当てではないような気がするな」

クロロックは少し考えていたが、

「――〈P〉を襲うのは明日の晩と言っていたな」

「はい」

「これからひとつ、M教会のカタコンベへ行ってみるか」

クロロックはそう言って立ち上がった。

「涼子も、しばらくは虎ちゃんのそばで寝てるだろう」

「もし下りて来て、誰もいなかったら、大変だよ」

と、エリカがおどかす。

「タクシーで行こう」

クロロックはせかせかとホテルのロビーへ出て行った。

「相当怖いんですね」

ルネが感心している。

「まあね」

エリカは肯いて、

「恐妻家は何百年も前からいたのよね、きっと……」

M広場に面して、M教会はある。

教会そのものとしては、決して大きい方ではない。

クロロックたちがタクシーを降りて、教会を見上げていると、

「エリカ！」

と、聞き慣れた声。

みどりと千代子《ちよこ》が、おみやげの袋を両手にさげてやって来る。

「こんな所まで来たの？」

「そこに〈デメル〉があるじゃない！　あそこのケーキ、食べて帰らなきゃ」

と、みどりは満足げに、

「甘くて大きくて、食べたって気がした」

「私は半分でお腹《なか》一杯」

と、千代子は苦笑した。

〈デメル〉も、百年もの歴史を誇るケーキの店。多くの芸術家が足を運んだ場所として知られている。

「何を見るの？」

「カタコンベ」

「へえ……。硬めのコンブ？」

と、みどりが言った。

「あ……」

ルネが目をみはって、

「フリッツ先生だ！」

M教会から小走りに出て来たのはフリッツ・小倉だった。

ルネが呼びかけるより早く、逃げるように人の間に姿を消してしまった。

「ひどく急いでるわ。——何があったんでしょう？」

「ともかく中へ入ろう」

と、クロロックは促した。

「これって、映画のセット？」

と、みどりが言った。

「本物よ」

エリカは、薄暗い地下室にズラリと並んだ棺を見て、

「——凄《すご》い光景ね」

と言った。

確かに、みどりが「映画のセット？」と訊いたのも分かる。棺をそのまま置いておく、という感覚は、日本では分かりにくい。

「——一体いくらあるの？」

と、千代子がザッと数えて、

「五、六十？　もっとあるか」

地下室はふしぎに暖かい。想像するようなじめじめした感じもなく、教会の案内

係は、

「遺体が腐敗しない環境なのです」

と説明した。

クロロックは、大分古びて傷《いた》んでいる棺の一つ一つを見て行った。

「――棺が濡れてる」

と、エリカが言った。

「うむ。それに、見ろ。――棺のふたを閉めた境目に、何か貼ってあるだろう」

白い、小さな粘土のようなものを貼りつけてあるのだ。

「こんなもの、役に立つの？」

「どうかな。――ともかく様子は分かった。あまり長居したくなる場所ではないな」

クロロックたちはM教会から広場へと出て、誰もがホッとした表情。

「何だか、あの中は空気が重苦しかった」

と、エリカは言った。

「あれが〈P〉だな」

教会のすぐ近くに、問題の宝石店がある。

「エリカ、何か買うの?」

と、みどりが訊く。

「まさか。――あれは本物よ。とんでもない値段だわ」

「特価品、ないの?」

みどりは結構本気で訊いているようだった……。

誤った一歩

少し間があった。

アントニオ枢機卿《すうきけい》にとっては、その数秒の間は、とんでもなく長く感じられた。

答えをせかせるのは逆効果だと思って、こらえた。——クリストファー枢機卿の性格はよくのみ込んでいる。

人からあれこれ指図されることを何よりも嫌う。

ヴァチカンの一室で、アントニオはワインのグラスを手にしていた。

クリストファーは、他の枢機卿に対して、大きな影響力を持っている。——実際、次の法王の有力な候補の一人だ。

それだけに、もし味方につけることができたら、その効果は大きい。

クリストファーは、白髪で哲学者のような風貌をしていた。彫りの深い、高い鼻とくぼんだ鋭いワシのような目をしている。

「――アントニオ」

と、やっと口を開く。

「君との友情は長い。君のことはよく分かっている」

アントニオは黙っていた。

クリストファーは続けて、

「他に君を支持しているのは?」

と訊《き》いた。

「リッカルド、ゲオルク、ヤン……」

「なるほど、立派な顔ぶれだ」

と、クリストファーは肯《うなず》いた。

「クリストファー。もちろん、君も法王の椅子に座りたいと思っていることは知っているよ」

「それは当然だ。誰でもそう思うさ」

と、クリストファーは微笑んで、

「しかし、こういうものには、人間としての『器《うつわ》』というものがある。私はその器じゃない」

「そんなことは……」

「分かった」

クリストファーはグラスをあけて、

「君を支持しよう」

アントニオは頬を紅潮させて、

「ありがとう！」

と、思わず椅子から身をのり出し、クリストファーの手を握った。

「これでもう怖いものはない」

と、アントニオが言うと、クリストファーは、

「神より怖いものはない」

と笑って、自分のグラスを空にした。

「ではいずれ……」

一人になると、アントニオは、つい笑みが浮かんでくるのを止められなかった。

「やったぞ」

自分の言葉にせき立てられるように、立ち上がって部屋の中を歩き回った。

自分がローマ法王になる！

その夢が、にわかに現実味を帯びて来たのだ。

クリストファーが加わってくれれば、まず確実に過半数の票が自分へ集まってくる。

「やったぞ！」

と、アントニオはくり返し、声をたてて笑った。


いつの間にか、足はあの古びた礼拝堂へ向いていた。

もちろん、方向違いならわざわざやって来はしないのである。

マックスは仲間と夕飯を食べ、ビールを飲んで、いささかホロ酔い機嫌で歩いていた。そして、帰宅の道をちょっとずらして、あの礼拝堂へと立ち寄ったのだ。

仲間たちに言えば、馬鹿にされるだろうが、可愛い〈アンナ〉の顔が見たくなったのである。

可愛いといっても、パワーショベルのどこが顔なのか、マックスにも分からなかったが。

ともかく、〈アンナ〉は地下に落ちたままだ。――何とかして、傷つけないように引き上げてやらなくては。

あのカタコンベも、いつになったら発掘できるか分からないようだし……。

――夜、明かりがないので、礼拝堂の中はほとんど真っ暗だった。

ライトの一つでも持ってくるんだったな。

マックスは、あの穴の方へと足を進めたが、何しろ足下も暗い。万一、落ちたらけがをするだろう。

パワーショベルといえば、ＴＶのニュースが妙なことを言ってたっけ。

無人のパワーショベルが人を襲った？

馬鹿らしい！

大方、誰かが近くでリモコン操作をしていたのだ。パワーショベルが勝手に動くものか。

「〈アンナ〉。――元気か」

と、マックスは少しろれつの回らない口調で呼びかけた。

「眠ってるのか。——そりゃそうだな」

と、マックスは笑って、

「明日にゃ何とかしてもらうからな」

と言うと、戻ろうとした。

だが——何か妙な物音がした。

振り向いたマックスは、あの穴の中から奇妙な光が出ているのを見て、眉をひそめた。——誰かいるのか？

それにあの音は——〈アンナ〉が動いている音だ。

「おい！　誰だ！」

と、マックスは大声で言った。

「俺の〈アンナ〉に手を出すな！」

だが、エンジンの音は一段と高くなり、そしてキャタピラの動く独特の音も聞こえて来た。

「いい加減にしろ！」

マックスは穴の方へ大股に歩いて行ったが、その足はピタリと止まった。

――信じられない光景だった。

穴の中から、〈アンナ〉が自力で這《は》い上がって来たのである。

「――馬鹿な！」

マックスは目をみはって立ちすくんだ。

こんなことが……。

〈アンナ〉は、ふしぎな光を発していた。そして、穴からよじ上って来ると、礼拝堂の中に姿を現し、そして、マックスの立っている出入り口の方へ鼻先を向けた。

「〈アンナ〉……。どうしたっていうんだ？　俺のことが分からないのか？」

マックスに向かって、〈アンナ〉はじわじわと進んでいく。

「〈アンナ〉……」

どういうことだ？

マックスはその場に釘づけになって動けなかった。

〈アンナ〉が目の前まで迫って来たとき、マックスは思わず目を閉じた。

だが――押し倒されることはなかった。

目を開けると、〈アンナ〉は喘《あえ》ぐように息をしていた。

「〈アンナ〉……。どういうことだ？」

マックスもすっかり酔いがさめてしまった。

いや、いっそ酔っ払っていれば、どんなに気が楽だったろう。これは幻だ。これは俺の幻覚なのだと思えたら。

しかし、マックスは、はっきりと悟っていた。——今、目の前にいる〈アンナ〉は、マックスの〈アンナ〉ではない。

いつも従順で、マックスのことをじっと待っていた〈アンナ〉。

だが——今の〈アンナ〉は違っていた。

誰かが——あるいは何かが、〈アンナ〉にとりつき、〈アンナ〉を支配していた。

「貴様は誰だ！」

と、マックスは叫んだ。

「〈アンナ〉に何をしやがった！　出て行け！　〈アンナ〉から出て行け！」

〈アンナ〉が身震いした。そして、正面のマックスへ向かって、一気に突き進んだ。

崩れかけた礼拝堂の中に、マックスの悲鳴が響き渡った……。

その夜はいつになく深い眠りに落ちていた。

やはり「勝利の美酒」は酔いも深かったのかもしれない。

何度か体を揺さぶられて、アントニオ枢機卿はやっと目を覚ました。秘書の司祭、ホセが覗《のぞ》き込んでいる。

「お起こしして申しわけありません」

と、ホセは小声で言った。

「ホセか。——どうした。今何時だ？」

アントニオは息をついて、ベッドに起き上がった。

「真夜中です」

「何かあったのか」

「実は……」

ホセが取り出したのは、小型のカセットレコーダーだった。

「それは？」

「聞いて下さい」

ホセが再生ボタンを押すと、少し雑音がして、

「――アントニオは信じたのか」

「もちろん、あれは単純な男だからな」

と笑った声は、クリストファーのものだった。

「すると、アントニオはもう大丈夫と思い込んでいるな」

「却《かえ》って、こっちはやりやすい。リッカルドにしても、我々が全員クリストファーを推《お》すと分かれば……」

「もし、リッカルドとアントニオの票がなくても、たった二票だ。影響ない」

「――リッカルドはアントニオに借りがある。我々のことを知れば、アントニオへ知らせるかもしれん」

「では黙っていよう」

「さぞびっくりするぞ。アントニオの奴め」

と、クリストファーが愉快そうに、

「いざ開けてみたら、自分の票が二票しかなかったらな」

「アントニオは法王なんて柄《がら》じゃない。どこかの田舎《いなか》町の教会で説教しているのが

似合っている」

「全く。枢機卿になっただけでも身に過ぎた出世というものだ」

「今度のことで思い知るさ」

——笑い声が響く。

アントニオは青ざめながら、そのテープを聞いていた。

クリストファーだけでなく、他の一人一人も、声で誰なのか分かる。

「——アントニオ様」

「ホセ、どこでこれを？」

「廊下で、クリストファー様が数人の方に『十時に私の部屋でな』と秘密めかしておっしゃっているのを、たまたま耳にしまして、妙だと思い……」

ホセは少し言い淀《よど》んで、

「——お留守の間にクリストファー様のお部屋へ忍び込んで、隠しマイクを……」

「そうか」

「申しわけありません。間違ったことと思いましたが、アントニオ様の信頼を裏切って平気なクリストファー様に腹が立って……」

「いいんだ。ありがとう」

と、アントニオは肯いた。

「どうなさいます？」

「少し、一人にしてくれ」

ホセが一礼して出て行く。

アントニオは、しばらくベッドに腰かけたまま、立ち上がることもできなかった。

「――何てことだ」

夢は一瞬にして泡のようにはじけて消えた。

法王の椅子。それは幻と終わった。

今から他の枢機卿に働きかけたところで、クリストファーの票を上回ることはできない。

法王への夢を絶たれたこと。そして信じていた枢機卿たちに裏切られたこと。

――二重のショックがアントニオを打ちのめした。

子供ではあるまいし、人間の世界には色々不公平や偏見があることは承知している。そんなことを、いちいち嘆《なげ》くのか。

アントニオは自分を嘲笑《あざわら》った。

怒ってみたところで、今さらどうすることもできない。

「神に祈るか」

と、アントニオは口に出して言うと、

「それとも――」

それとも？

アントニオは、あの中庭に現れたふしぎな「影」のことを思い出した。

あれはまともではない。「邪悪さ」を感じさせた。しかし――いつでも呼んでくれとも言ったな。

「俺はお前の味方だ」

とも。

いや……だめだ。

あんなものの力を借りてはならない。

アントニオは、部屋の中を見回した。

あれは本当に「邪悪なもの」だったのだろうか？

邪悪なものが、アントニオに手を貸すだろうか。信仰の篤《あつ》い、この聖職者に？

──アントニオは部屋の中を見回し、

「どこにいる？」

と、呼びかけた。

「お前の力を借りたい。助けが必要なのだ。いつでもすぐに駆けつけてくれるはずではないのか？」

すると、

「呼んだか？」

と、背後で声がして、アントニオはびっくりした。

振り向くと、黒いスーツに身を包んだ若い男がソファに座って、アントニオを眺めている。

「お前は……」

「俺が誰かなんて、どうでもいい」

と、男は首を振って、

「呼んだからには、用があるんだろう？」

「それは……」

「まあいいさ。用件は分かってる。——お前は法王になりたい。しかし、今の様子では、とてもなれそうにない」

「そんなところだ」

「ここで一発逆転、最後の勝利をつかみたいってことだな」

「——可能か、そんなことが？」

「やってみるさ」

「ただし！」

アントニオは、男に指を突きつけて、

「誰も、傷つけたり死なせたりしてはならない。——いいか。そんなことをしてまで、私は法王になりたくはない」

男は笑って、

「やれやれ、真面目《まじめ》な大先生だね。——まあ、よかろう」

男は立ち上がった。

「いいな。他の枢機卿を傷つけるようなことは……」

「分かったよ。やってみよう。そしてお前の夢を叶《かな》えてやろう」

突然、部屋の壁に、華やかな映像が映し出された。

ヴァチカンの広場を埋め尽くす、何十万人もの人々。バルコニーに現れて、人々に手を振っているのは――。

「あれは、クリストファーだ！」

と、アントニオは叫んだ。

「これが未来なのか？」

振り向くと、もう男の姿はなかった。そして壁の映像もまた消えていたのだ。

アントニオは恐ろしくなった。

良かったのだろうか？　あんな得体の知れない者に助けを求めたりして。

しかし――今さら悔やんでも、遅い。

アントニオはベッドの傍《そば》に膝《ひざ》をついて、

「主よ……」

と、祈りの言葉を呟《つぶや》いた。

決行の夜

「どうしても行くの？」

と、飯田《いいだ》さと子は言った。

「当たり前だろ。約束だぜ」

河合《かわい》は腕時計を見て、

「もう時間だ。――さと子。君はここで寝てろよ」

さと子はため息をつくと、

「行くわ」

と立ち上がった。

河合の部屋は相変わらず散らかっている。

河合は時計を見て、

「早くしないと、約束の時間に遅れちまう」

「いつも待ち合わせに平気で三十分以上遅れてくるくせに」

と、さと子はからかった。

「大金がかかってるんだ！　出かけようぜ」

さと子は苦笑して、河合について部屋を出た。──お金が絡《から》むとなると、人が変わったようになるんだから──。

真夜中過ぎとなると、いくらウィーンが大都会でも、人通りは絶える。何時になっても店が開いていたり、人が出歩いているのは、東京ぐらいのものだ。

夜道を歩いて行くと、ライトアップした歴史的な建物が目に入る。

「──〈D通り〉まで、どれくらいかかる？　少し急ごう」

河合が、せかせかと歩いて行くので、さと子はついて行くのが大変だった。

「大丈夫よ。そんなにあわてなくても！　まだ十二時半になったばっかりよ」

と言ってやっても、河合は少しも足どりをゆるめない。

そして、問題の〈D通り〉の古い礼拝堂の前まで来た。

「これか」

河合は、すっかり汗をかいている。

「らしいわね」

――ともかく、壊れかけた礼拝堂で、明かりというものがない。中を覗《のぞ》き込むと、真っ暗だった。

「畑中《はたなか》の奴、まだ来てないな」

「当たり前よ。まだ二十分近くあるわ」

さと子は、礼拝堂の中へ二、三歩入って、少しの間、目が暗がりに慣れるのを待った。

カタコンベがどこなのか、見たかったのである。

しかし、少し目が慣れたくらいでは、奥の様子まで分からない。

「暗いだろ」

河合は当たり前のことを言って、

「これ、使う？」

と、ポケットからペンシルライトを取り出した。

「それじゃ、足下を照らすだけね」

と、さと子は受け取って、つけると、

「──キャッ！」

さと子は、すぐ近くの床へ光を投げかけてびっくりした。

「何だい？」

「この床の上……。見て」

床の上に、どう見ても血としか思えないものが広がっていた。

そして、その上を通り過ぎて行ったらしい跡……。

「これ、何の跡かしら？」

「さあ……。タイヤかな」

「礼拝堂の中に車が？」

確かに、タイヤの跡のようにも見えるが、それにしては幅が広すぎる。

いずれにしても、この血だまりは、ただごとじゃない。

「いやだわ。──ね、河合君、帰りましょうよ」

と、さと子は言った。

「帰る？　どうして？」

「だって——この血を見てよ。人が死んだんだわ、きっと」

「死体がないぜ」

「そりゃそうだけど……。これが鼻血だと思う？　人殺しなんかに係わり合ったら大変よ」

「なに、大丈夫さ。畑中がついてる」

河合は、「もし何かあっても人のせいにできる」限りにおいて、大胆になれるのだ。

「そんなこと……」

さと子は、何とか河合を連れて帰りたかった。

「河合君、私、帰るわ。どう考えても、これって犯罪よ」

河合が心細くなって「帰る」と言い出さないかと期待したのだが……。

そのとき、礼拝堂の奥の暗がりで、笑い声がした。

「——誰？」

「僕だよ」

畑中が姿を見せて、

「犯罪に決まってるじゃないか。それでも金が欲しいからやるんだろ」

「畑中君……。お願い、考え直して。捕まったら、日本のご両親が――」

「捕まらないよ」

「どうして分かるの？」

「分かってるのさ、僕には」

と、畑中は人を小馬鹿にするような口調で言った。

変わってしまった、とさと子は思った。畑中君は、こんな口のきき方を、決してしない人だったのに。

「じゃ、少し早いが、行こうか」

と、畑中が言うと、礼拝堂の中にふしぎな明るさが満ちて来た。

「この光は……」

さと子は、礼拝堂の床にポッカリと穴があいて、その中から光が射しているのを見た。

「――あれがカタコンベ？」

「そうだよ。さ、行こう」

穴の底へ、はしごがかけられている。

畑中が軽々とはしごを下り、さと子がそれに続こうとして、

「あれは？」

と、目をみはった。

穴の底に、工事用のパワーショベルがあったのだ。——どうして、こんな穴の中に？

「僕らの仲間さ」

と、畑中が言った。

「さあ、早く下りておいで」

さと子ははしごを下りた。しかし、河合はその後から下を覗き込んで、

「大丈夫かな……。はしごを押さえててくれよ」

と、こわごわ下り始める。

「ワッ！　——落ちる！　助けて！」

騒いでいる河合は放っておいて、さと子はそのパワーショベルのそばへ寄って、そっと手を触れてみた。

「――温かい」

そして、さと子の目はパワーショベルのキャタピラに向いた。

そうだ。さっきの血だまりについていた跡は、タイヤにしては幅が広い。ちょうど、このキャタピラの幅くらいある……。

「――やっと下りた！」

河合が床に座り込んで息をつく。

「この地下道だよ」

と、先に立って行く畑中を、

「おい！　待ってくれ」

と、あわてて河合が追いかけて行く……。

中庭は静かだった。

井戸から畑中が顔を出し、中庭を見渡す。

どこか表の明かりが中庭にも洩れ入って、困らない程度に足下が分かる。

「――よし、出て来い」

畑中は井戸の中へ呼びかけた。

井戸には縄ばしごがかけてあって、容易に上ることができた。

しかし、さと子は簡単に上って来たが、河合はまた、

「おい、揺れて上れないよ。落ちる！　助けてくれ！」

と、騒いで、さと子にため息をつかせた。

やっと上って来た河合が汗びっしょりになって、座り込んでしまう。

「しっかりしろよ。金が目の前にあるんだぜ」

畑中の言葉で、

「うん！　そうか」

と河合は何とか立ち上がった。

「――どこから入るの？」

と、さと子が訊《き》く。

「あのドアからさ」

「だって――鍵がかかってるでしょ」

「ところがね、今夜に限って、間抜けな奴がかけ忘れたのさ」

建物へ入るドアの前に畑中が立つと、カチャリと音がして、ドアがゆっくりと開いて来た。

「どうだい？」

「凄《すご》いな！　どうやったんだ？」

河合は目を丸くしている。

「ちょっとした手品さ。さあ、入ろう」

建物はもう大分古い。

しかし、宝石商だというのに、セキュリティはどうなっているのだろう？

さと子は、畑中の仲間が先に中へ入っているのだろう、と思った。

細い廊下を通って、ドアを開ける。

「ここだ」

と、畑中が言った。

部屋の明かりをつけると、二、三人が働いていれば一杯の小部屋の奥に、黒く、重そうな金庫があった。

「これか」

河合がニヤニヤしながら近寄って、

「俺と同じくらいの高さだ。頑丈そうだな」

と、ポンポンと叩く。

「これはどうやって開けるの？」

と、さと子は畑中の方へ、

「これもたまたま鍵をかけ忘れたの？」

「いや、そうじゃない」

「金庫破りの名人はどこにいるんだ？」

と、河合が見回す。

「今に現れる」

と、畑中は言って、椅子を引いて座った。

「待とう」

——五分たち、十分たった。

河合が少し苛立《いらだ》って来る。

「おい、まだか？」

と、金庫の扉を拳で叩いたりしている。

「もう来るはずだ」

畑中の顔に、余裕が失われて来ていることに、さと子は気付いた。

十五分、二十分と過ぎると、畑中もはっきり苛立ち始めた。

「おかしいな……」

と、立ち上がり、廊下を覗いたり、部屋の中を歩き回ったりする。

「おい、話が違うじゃないか！」

と、河合が文句を言うと、畑中は、

「うるさい！　役にも立たない奴は黙ってろ！」

と、怒鳴った。

畑中がこんな風に怒鳴ったりするのを初めて見て、河合は仰天《ぎようてん》している。

「お前——どうしたんだ？」

河合は、畑中のご機嫌を取ろうとするように、近寄って、なれなれしくその肩を
叩いた。

「触るな！」

畑中が凄い力で河合を突き飛ばし、河合の体は部屋の隅までふっ飛んでいった。

「畑中君！　やめて！」

さと子は急いで河合へと駆け寄った。

「河合君、大丈夫？」

「大丈夫なわけないだろ……。いてて……」

机の足にしたたかぶつかった河合は呻《うめ》き声を上げた。

「あいつ……。俺に何の恨みが……」

「あれは畑中君じゃないわ。畑中君の外見だけを利用してるんだわ」

さと子の言葉に、畑中がキッと振り返る。

「どういう意味だ！」

「言った通りよ」

さと子は立ち上がって、

「あなたは何者？」

と問いかけた。

そのとき、廊下に重々しい足音がした。

「来たぞ」

畑中がバッとドアを開ける。

だが、一瞬の内に畑中の顔から血の気がひいた。そして、よろけるように部屋の中へと後ずさった。

何かが入って来た。

さと子の目には、それは黒い影としか見えなかった。

実体はそこにいないのに、大きな影が壁から天井へと広がる。

「――わけが分かりません！　許して下さい！」

と、畑中は床に這いつくばって詫びた。

グォーッという地鳴りのような低音が、さと子の体を揺さぶった。

それがその影の声らしい。

さと子には、言葉とは聞こえないが、畑中には聞き取れるらしい。

「――誰がそんなことを？　――いいえ、分かりません！」

畑中は怯《おび》えている。必死で、哀願するように両手をついて、

「何も知りません！　本当です！」

と、くり返している。

「あれ、何だ？」

河合が呆然としている。

「分からないわ」

と、さと子は首を振って、

「でも、人間じゃないことは確かよ」

その影が、不意に金庫の方へ近付くと、再びグォーッという唸《うな》りが部屋を震わせた。

そして——信じられない光景！

あの大きな金庫が、宙に浮いたのである。

河合もさと子も息をのんで、その光景を見つめていた。

そして——さらに目を疑う光景が待っていた。

金庫の分厚い扉がギーッときしむ音をたてながら、歪《ゆが》み始めた。そして、メリメリとむしり取られ、床へ投げ捨てられたのである。

金庫は元通り床へ置かれた。——中から札束がこぼれ落ちる。

「はい、すぐに!」

畑中は、布の袋を取り出すと、金庫の中の札束を袋の中へ次々に放り込んで行った。

さと子は、部屋の隅にある火災報知器を見つけた。――そっと近付くと、丸いプラスチックのカバーを押し割り、中のボタンを押した。

けたたましいベルが鳴る。

「何をする!」

と、畑中が怒りで顔を歪める。

「持って行かせないわよ!」

さと子は叫んだ。

だが、河合は札束を見て、元気を取り戻していた。

「手伝うぜ!」

と、畑中の方へ駆け寄る。

だが――河合の体がフワッと宙に浮いた。

あの影が、河合をつまみ上げたのだ。

「離せ！　――助けてくれ！」

河合が手足をバタつかせる。

「諦《あきら》めろよ」

と、畑中は札束を詰めながら、

「君が何の役にも立たないことを分かってて連れて来たのはね。君をエサにするためだ」

「エサ？」

「そう。大丈夫。体の隅々、骨まで全部処理してくれるよ」

「食われちまうのか？　やめてくれ！」

「もう遅いよ」

と、畑中が笑う。

「畑中君、やめて！」

と、さと子が叫んだ。

「僕にだってどうにもできないよ」

「そんな――」

河合が悲鳴を上げる。そのとき——。

部屋の中へ突風が吹き込んで来た。

窓もないのに、なぜ?

しかし、いぶかる間もなく、さと子は風の力に負けて引っくり返ってしまった。

河合も吹き飛ばされ、壁にぶつかる。

畑中は金庫に体を叩きつけられた。

ウォーッという唸りが部屋を揺るがした。

影が怒っている。

風がおさまると、ドアの外にクロロックが立っていた。

「——誰だ!」

と、畑中が起き上がって叫んだ。

「自分がガイドしている客を忘れたかな」

「何だと?」

「お前は畑中を殺し、その外見を借りている獣《けだもの》だ。しかし、味方は来ないぞ」

と、クロロックは言った。

「M教会のカタコンベの死者たちの棺《ひつぎ》には、聖水がかけられ、ふたは聖餅《せいべい》が貼られて開かない」

畑中がよろけた。

「畜生！　邪魔しやがって！」

金を入れた袋をつかんで逃げようとするが、クロロックにつかまって、放り出される。

「助けて下さい！　こいつをやっつけて下さい！」

畑中は影に向かって叫んだ。

だが、影は見る間に薄れて消えて行った。

「――お前は見捨てられたのだ」

と、クロロックが言った。

「いやだ！」

畑中は金の袋を置いて、逃げ出して行った。

「――大丈夫か」

と、クロロックがさと子に訊く。

「ええ……。河合君も、こりたでしょう」

と振り向くと、河合は大の字になって気を失っていた。

死者の群れ

クロロックは、あの礼拝堂の入り口から、

「エリカ。どうした」

と、声をかけた。

「お父さん。──向こうは？」

「大丈夫だ。畑中は逃げて来たか？」

「来ないよ」

「妙だな」

クロロックは穴の中を覗《のぞ》き込んで、

「──この匂《にお》いが分かるか」

エリカが鼻を動かして、

「これって……血の匂い？」

「下りてみよう」

エリカとクロロックは穴の中へフワリと飛び下りた。

「この地下道だ」

進んで行くと、血の匂いは強くなった。

「――待て」

クロロックは足を止めた。

「お父さん……」

「うむ。――しくじった者は、エサになるしかないのだな」

血が――大量の血が至る所に飛び散っている。

しかし、残っていたのは、畑中の片腕だけだった。

「出よう」

と、クロロックが促す。

二人が礼拝堂へ戻ると、

「クロロックさん」

と、ルネが穴の上に立っていた。

「今、はしごを――」

言い終わらない内に、クロロックとエリカは宙へ飛び上がり、上に出て来た。

「驚いたわ」

と、ルネが目を丸くしている。

「君の先生は、M教会の死者たちが眠りからさめるのを防いだのだ」

クロロックの話に、ルネは肯《うなず》いて、

「そうらかがって安心しました」

と言った。

「問題の奴はどこかへ消えてしまったか」

「これからどうすれば？」

「畑中を利用して、金を奪おうとしたがしくじった。――まだ相手の正体がはっきりせんので、予《あらかじ》め手を打つといってもむずかしい」

「私――マックスの身が心配です」

「あのパワーショベルのオペレーターか」

「ええ。——あの血の痕《あと》が、もしかして……」

「パワーショベルはどこへ？」

とエリカが言った。

この穴の下に、パワーショベルはなくなっていたのだ。

「——用心することだ」

と、クロロックは言って、

「ルネさん。君から警察へ連絡してくれるか」

「分かりました」

「あの畑中という若者、可哀そうなことをした。しかし、もう我々のガイドを放り出した時点で、彼は殺されていたのだ」

「警察に何て説明します？」

「正直に何も分からんと言えばいい。警察は必死で首をひねって、残された片腕の謎を解こうとするだろう」

クロロックはそう言って、エリカの肩を叩き、ホテルへと帰って行ったのである……。

もう明け方だった。

「――疲れた」

ルネは重い足を引きずりながら、やっとの思いで自分のアパートへ辿《たど》り着いた。

あのカタコンベでの血痕と残された片腕……。

あれを警察へ説明するのは、容易なことではなかった。もちろんルネが疑われる理由はないが、それでもしつこくあれこれと訊《き》かれて、明け方になってやっと解放されたというわけだった。

鍵をあけ、中へ入ると、ルネは大欠伸《おおあくび》をした。

外は明るくなってくる。――カーテンを引いて、眠ろう。

そう思ったとき、ルネはギクリとして立ちすくんだ。

ゴーッ、グォーッ。

誰かのいびきである。

「誰？　――誰なの？」

と、いつでも逃げ出せる体勢で呼ぶと、

「――ルネか」

ソファから起き上がったのは――。

「先生！」

フリッツ・小倉《おぐら》だったのだ。

「何してらっしゃるんですか、ここで？」

「うん……。勝手に入ってすまん」

「それはいいですけど……」

「手先は器用なのでね。あんなドアの鍵ぐらい、楽に開けられる」

と、フリッツは言って、

「カタコンベで何かあったか？」

「大丈夫でした。M教会の死者たちは出て来ませんでしたよ」

フリッツは、しばらくふしぎな表情でルネを見ていた。やがて、ホッと息をつくと、

「――そうか」

と、小さく何度も肯いた。

「良かった。――良かった」

「フリッツ先生。泣いてらっしゃるんですか?」

ルネは驚いて、フリッツのそばに膝《ひざ》をついた。

「大丈夫だ。気が緩んだのさ。何しろ、このところ、ほとんど眠っていない。疲れてしまって……」

「横になって、休んで下さい。でも、こんなソファじゃ……。ベッドで寝て下さい」

と、ルネはフリッツの腕を取って立たせた。

「しかし……君の寝る所が……」

「私はソファでもどこでも寝られます」

と、ルネは言った。

「すまん……」

寝室へ入ると、ルネは急いでベッドを整えた。

「さあ、先生」

「うん……」

フリッツはベッドに横たわると、

「のんびり休んではいられない。奴らが次の企《くわだ》てを……」

「今は、眠ることだけ考えて下さい」

「ルネ……。君はいつもいい学生だった」

「先生……」

「君が——卒業したら、僕はずいぶん寂《さび》しくなるだろう」

ルネは、フリッツがこんな風に心の内を語るのを、初めて聞いた。

「先生。もし先生さえよろしかったら、私はずっと大学へ残ります」

「いや、それはいけない」

「どうしてですか？」

「君には、多くの選択肢がある。人生を、あんな大学の石の壁の中に閉じこめてしまうなんて……」

「でも、どうせ人は一つの人生しか選べないんですよ」

「だからこそ、外へ出て行かなくては。世間を見て、色んな人間を知って……」

「出て、また戻るかもしれません」

「いや君は戻らない」

フリッツがルネの手を握る。――そのこめられた力には、フリッツの「思い」がにじんでいた。

「先生……」

ルネは、フリッツの上にかがみ込んで、唇を重ねた。

「ルネ――」

「大学を出て行っても、このベッドには、目が覚めるまでいますわ」

そう言って、ルネは毛布の下へ潜り込んだ。

「ルネ……」

「何も言わないで」

ルネの指先が、フリッツの唇を封じた。そして――確かに二人とも、何も言わずに眠った……。

ルネが目を覚ましたとき、もう日は高かった。

ベッドの中に、フリッツの姿はない。

コーヒーの香りが漂って来た。

ルネがガウンをはおって寝室から出て行くと、

「やあ、おはよう！」

テーブルについていたのは、フリッツとクロロック。

「コーヒーをごちそうになっとる」

と、クロロックが言った。

「あ、あの……ちょっと失礼して……」

ルネはあわてて寝室へ戻って、着替えをした。

おずおずとフリッツたちの所へ戻ると、

「おはようございます……」

「ルネ――」

「フリッツ。何もおっしゃらないで」

と、顔を赤く染めて、

「私、子供じゃないんですから」

「いや、申しわけない！　僕はとんでもないことを――」

「とんでもないこと？　じゃ、本当はあんなことしたくなかったんですか？」

「いや、そういうわけじゃないが……」

聞いていたクロロックが笑って、

「もっと自分の気持ちに素直になることだ」

と言った。

「全くですな。――ルネ、君を愛している。ずっと前からだ」

ホッとした表情で、フリッツは言った。

「私も愛しています。初めてお会いしたときから」

「まさか」

「本当です」

ルネはフリッツの方へ身をかがめてキスした。

「君……。お客の前だ」

「構うもんですか」

「その通りだ」

クロロックが肯いて、

「歴史を突き動かして来たのは恋の力なのだ。恋もできない人間に、何もできるわけがない」

ルネは、

「私もコーヒーをいただいていい？」

と言った……。

「──何か恐ろしいことが起こっています」

フリッツは額《ひたい》に深くしわを寄せて言った。

「あの崩れかけた礼拝堂の地下には、何かが封印されていた。それが解放されてしまったのです」

「あのオスカー枢機卿《すうきけい》の死も、そのせいかな？」

オスカーの名を聞くと、フリッツの表情はかげった。

「オスカーは私の腹違いの兄でした」

「まあ！」

「あの数日前、オスカーから電話がかかって来ました。ひどく何かを心配していた」

「というと？」

「今の法王が、もう長くないと分かって、次の法王を選ぶ準備が始まっているということでした」

「コンクラーベだな」

　枢機卿の間で、次の法王を選出することを「コンクラーベ」という。日本語の「根くらべ」みたいだが、実際、何回も、何カ月にもわたってくり返されることがある。

「それを巡って、何か悪いものが働いている、と……。オスカーはひどく気にしていました」

「先生、悪いものって？」

「分からん。しかし、あのオスカーの突然の死も、偶然とは思えない」

「カタコンベから消えた白骨の山か」

「そうです。M教会の死者も危ないと思い、封印して回ったのですが」

「彼らは解放されずにすんだ」

　クロロックは肯いて、

「まだ、闇の力がそれほど大きくなっていないということだ。今の内に食い止めぬと、大変なことになる」

「――私はヴァチカンへ行こうと思っています」

「先生――」

「あそこで何かが起ころうとしている」

フリッツは暗い予感を覚えている様子だった。


「広いのね」

と、千代子《ちよこ》が呆《あき》れたように周囲を見渡した。

「映画の『第三の男』のラストシーンに出て来た並木道っていうのが、あっちだよ」

と、エリカは言った。

エリカは既《すで》にクロロック、涼子《りようこ》たちと一度ここへ来ているので、分かっていた。

今日は、みどりと千代子を案内して来たのである。

ウィーンの中央墓地。

シェーンブルン宮殿や、市内の王宮と並んで、欠かすことのできない「観光スポット」だ。

とはいえ、中は大変な広さで、木立が並ぶ公園のような一画。

観光客が訪れるのは、中央墓地の正門を入ってすぐの「音楽家の墓」である。

ベートーヴェン、シューベルト、それに遺体はないがモーツァルトの墓もある。

大方の観光客は、ここで記念写真をとって、すぐにまた観光バスで立ち去って行く。

「——緑が多くて気持ちいいよ」

と、エリカは言った。

「少し散歩しよう」

「うん」

みどりが肯いて、

「少し歩かないと、お昼ご飯が入らない」

「食べることばっかり」

と、千代子が苦笑した。

風が快い、よく晴れた日である。

「こっちのお墓は面白いね」

と、千代子が珍しげに、一つ一つ、現代彫刻みたいにデザインされていたり、女神像が浮き彫りになっていたりする墓を眺めて感心している。

確かに、日本の墓地のように、四角い石がズラッと並んでいるのと違って、変化に富んでいるのだ。

「――ここ、何なの？」

と、みどりが言った。

エリカは足を止めた。

いつの間にか、大分奥へ入っていたらしい。

その一画は、ひどく荒れ果てて、訪れる人もないのか、雑草が生い茂っている。

そして、墓石も倒れたり割れてしまったりしているのだ。

「ひどいね」

と、千代子が顔をしかめて、

「こんな風にしてちゃ、バチが当たる」

エリカは、ふと周囲の空気が急に冷たくなるのを感じた。

「戻ろう」

と、エリカは言った。

「急いで！」

しかし、遅かった。

雑草の間から、いくつもの人影が起き上がった。——エリカたちを取り囲むように何十人もの人間——いや、明らかに「生きていない」者たちが、うごめいていた。

「これ、何？」

と、みどりが目をパチクリさせて、

「映画のロケ？」

腐った肉体。骨が覗く足で、ヨロヨロと歩んでくるその姿は、目をそむけたくなる。

「みどり、千代子。——全力疾走できる？」

エリカは、その「死者たち」に何か邪悪な力が備わっているのを感じていた。

自分の身を守れても、他の二人までは手が回らないかもしれない。

向こうの弱点は「足が遅いこと」だ。

「しばらくやってない」

と、千代子が言った。

「走らないと、この連中に食われるよ」

「じゃ、走る！」

「私について来て。離れないで」

エリカはじわじわと迫ってくる死者たちの様子をうかがっていたが……。

そばに倒れていた墓石を、両手で抱え上げ、目の前の死者に投げつけた。

むろん、エリカならではの力である。相手も、よける間もなく墓石の下敷きになって押し潰《つぶ》される。

「走れ！」

と、エリカは叫んで、目の前の隙間《すきま》をすり抜けた。

千代子とみどりもワッとエリカを追う。

三人を捕まえようと何本もの手が伸びる。

しかし、何とかエリカたちはその手を逃れた。——後は必死だ。

「走って！　止まらないで！」

エリカはその気になれば、並外れた速さで走れるが、千代子やみどりを置き去りにはできない。

——ハッと気付くと、観光客が記念写真を撮っている。

「——逃げられた！」

エリカは足を止めた。振り返って、

「みどり、千代子、大丈夫？」

二人は——何とかついて来ていたが、口もきけない状態。ただハアハアと息を切らしていた。

「食われるよりいいでしょ？」

と、エリカは言ったが、みどりは喘《あえ》ぎ喘ぎ、

「でも……私たちの方が……死人みたいだよ……」

と言ったのだった……。

操り人形

〈法王死去〉

そのニュースがヴァチカンを駆け巡るのに、数分とはかからなかった。

もちろん、高齢で具合も悪かったので、意外なこととは受け取られずにすんだ。

アントニオ枢機卿《すうきけい》は、ドアをノックする音に着替えの手を止めて、

「入れ」

と言った。

秘書の司祭、ホセが入ってくると、

「皆さん、お揃《そろ》いです」

と言った。

「今行く」

ホセはドアを閉めると、

「コンクラーベは、すぐに終わりましょうか」

「さあな」

アントニオは首を振って、

「神のご意志次第だ。——諦《あきら》めたわけではないぞ」

「はい」

——あの謎の男は、どうやって票をアントニオに入れさせるのだろう?

いや、あんなものをあてにしてはいけないのだ。——コンクラーベは、正統な方法で行われるべきだ。

とはいえ、アントニオの胸の中から、「法王になれるものなら」という声が消えることはなかった。

回廊はまだほの暗かった。

夜明けまで、少しある。早朝の空気は冷え冷えとして、アントニオの頭をスッキリさせた。

「——おはよう、アントニオ」

と、声をかけて来たのは、クリストファー枢機卿だった。

「来るべきものが来たな」

「うむ……」

「うろたえず、後をしっかりと受け継ごう」

クリストファーがアントニオの肩を軽く叩いた。

クリストファーめ！　人を裏切っておいて、よく平気でいられるものだ。

「――リッカルド」

クリストファーが足を止めると、

「リッカルド、どうした？　顔色が良くないぞ」

「大丈夫だ」

とは言ったが、リッカルドの額《ひたい》には汗が光っていた。

「無理するな。少し横になった方がいいぞ」

「大丈夫だ！」

リッカルドは、クリストファーの手を払いのけて、

「放っといてくれ！」

「分かった。──落ちつけ」

「落ちついてるとも！　私は落ちついている」

クリストファーは、それ以上何も言わなかった。

「心配だな」

と、首を振って、

「アントニオ。君はリッカルドと親しい。様子をみててやってくれ」

「分かった」

──ともかく、アントニオたちは枢機卿の集まる会場へと急いだのだ。


「気を付けて」

と、エリカは言った。

「ありがとう」

ルネはエリカと握手をすると、

「後のこと、よろしく」

「ええ。──ルネさんは、フリッツ先生のことだけ気を付けて」

ルネは少し頰を赤らめた。

「――行こう」

フリッツ・小倉《おぐら》がバッグを肩にかけ、やってくる。

「状況を知らせてくれ」

クロロックがそう言って、フリッツの手を握った。

「分かりました」

――ウィーン空港。

フリッツとルネは、ローマへと旅立つところである。もちろん、ローマ法王の国、ヴァチカンへ行くのだ。

「私の力で何ができるか分かりませんが」

「信念を持つのだ」

と、クロロックは言った。

「敵は、法王の座が空いた、今を狙ってくるだろう」

「私もそう思います」

「ヴァチカンの中にも、善意と悪意があるはずだ。その善意へ訴えるのだ」

クロロックはルネを見て微笑むと、

「奥さんが力強い味方になってくれよう」

ルネは嬉しそうに笑った。

フリッツがルネを促して、パスポートを手に搭乗口へと姿を消す。

「──フリッツさん、凄《すご》く若くなった」

と、エリカが言った。

「愛の力は偉大だ」

クロロックは振り向いて、

「さて……。もう一組の方は？」

「今来たわ」

空港のロビーをやってくるのは、飯田《いいだ》さと子と、河合卓郎《かわいたくろう》の二人。さと子が河合を引っ張ってくる。

「間に合わないかと思った」

と、さと子が息をついて、

「この人が渋って、なかなか仕度しないもので」

河合は、ふくれっつらで、

「みっともなくって。今さら日本へなんて帰れないよ」

と口を尖《とが》らす。

「畑中《はたなか》君みたいに食い殺されたいの？」

と、さと子にピシャリとやられて、渋々口をつぐむ。

「搭乗手続きをすませて」

「はい」

さと子と河合は、ウィーンを引きあげることにしたのだ。——目的を失い、見通しもなく暮らしていても、何の実りもない。

「——お前、手続きしてくれ」

と、河合が言った。

「あなたは？」

「トイレへ行ってくる」

「すぐ戻ってよ」

「ああ、分かってる」

河合はトイレへと人の間を縫って行った。

男子トイレに入ると、河合は洗面台の前で欠伸《あくび》をした。

「畜生！　今さら帰って、何するんだ」

と、ブツブツ言っていると、

「帰ることはない」

という声がした。

「――え？」

鏡の中には誰も見えない。

振り向くと、僧服を着た男が立っている。一人――いや、二人、三人……。

どうしてふえてくるんだ？

「お前は女の言いなりになるのか」

と言われて、

「だって……仕方ないんだ」

「お前は男だ。力のある者が支配者になるのだ」

「そう……。そうだよな」

河合は肯《うなず》いた。

「お前の力を見せてやれ。女は力のある男に従ってくるものだ」

河合は頬を紅潮させて、

「分かったよ！　俺は俺のしたいようにするんだ！」

「その通り。それでこそ男だ」

「じゃあ……あの子はどうすれば？」

「言い渡せ。『俺はウィーンに残る』と」

「うん」

「文句を言ったら、ひっぱたいてやれ！　女は男の言うことを聞いていればいいのだ」

と、僧服の男は言った。

頭巾《ずきん》を深くかぶっているので、ほとんど顔は見えない。

「手を貸せ」

と、河合の右手をつかむと、凍りつくように冷たい手でギュッと握った。

「――これでいい。これでお前の力は三倍になった」

「三倍！」

「そうだ。何も恐れることはないぞ。お前の女を、思い切り張り倒してやれ」

「やってやる！」

河合は目を輝かせた。

——さと子は、搭乗券を受け取ると、

「河合君、遅いな」

と、振り返った。

河合が人をかき分けながらやって来る。

「早く！　もう手荷物検査を通らないと」

と、さと子は促した。

「俺は残る」

「——何ですって？」

さと子は憤然として、

「残る？　ウィーンに残ってどうするのよ」

「俺は俺の好きなようにするんだ」

「馬鹿言わないで！　さあ、行きましょう」

さと子が腕を取ろうとすると、河合はその手をはねのけた。

「何するのよ！」

「生意気言うな。女は男の言う通りにしてりゃいいんだ」

「河合君――」

「文句があるのか」

「あるわよ！」

と、さと子は言い返した。

「何だと」

ここだ。ここで男の力を見せてやるんだ。

「黙って言うことを聞け！」

河合はそう言って、右手でさと子の頰を思い切り叩いた。が――。

一瞬、間があった。

そして、

「キャーッ！」

と、悲鳴を上げたのはさと子だった。

叩かれた痛みのせいではない。目の前の、信じられない光景のためだった。

河合がポカンとして、自分の右手を眺めている。——いや、正確に言うと、「右手のあったところ」を。

さと子の頰を打った瞬間、河合の右手は、粉々に砕けてしまったのだ。——河合の右手は手首のところでなくなってしまっていた。

「河合君！」

と、さと子が叫んだ。

「どうしたのよ、その手！」

エリカとクロロックが駆けつけて来た。

「どうしたの？」

エリカが目を丸くする。

河合が仰向けに倒れた。クロロックが駆け寄って河合の胸に手を当てた。

「——お父さん、これって何ごと？」

「奴らの仕業《しわざ》だ。この右手を凍らせてしまったのだ。凍ったものは脆《もろ》くなる」

そこへ、白いシャツを着た、空港の職員らしい男が数人、担架を抱えてやって来た。

「河合君！」

さと子が駆け寄ろうとするのを、クロロックは抱き止めた。

「もう助からん」

「そんな――」

「ショックのせいで、心臓をやられている。大方、自堕落な暮らしで心臓が弱っていたのだ」

「ああ……。日本へ帰れるところだったのに――」

さと子は、よろけて、カウンターにもたれかかった。

「早く病院へ運べ！」

と、男たちが河合を担架へ乗せた。

クロロックがその行く手を素早く遮《さえぎ》って、

「待ちなさい」

と言った。

「救急班の人間にしては、薬の匂《にお》いがしないな」

「邪魔しないでくれ！　この男を――」

「代わりに死の匂いがするぞ」

と、クロロックが言って、サッとマントを広げると、一杯にふくらませて、男たちへと猛烈な風を送った。

空港のロビーに、突風が渦を巻いて、カウンターの書類が飛び散った。

方々で悲鳴が上がり、中には風を受けて転ぶ人もあった。

誰もが思わず目を閉じてしまったので、その猛烈な風を受けた白いシャツの男たちが、次々に粉々になって散って行くのを目にしなかった。

――エリカだけは、しっかりとさと子を支えて見ていた。

風がおさまると、白いシャツの男たちの姿は跡形なく消え、担架と、その上の河合の死体だけが残っていた。

「――今のは？」

さと子が呆然として訊《き》く。

「連中は消えた」

と、クロロックが言った。

「あんたはこのまま日本へ帰りなさい」

「はい……」

さと子は小さく肯いて、河合に向かってそっと両手を合わせた。

強　運

「まだ半分も残ってるのよ」

と、涼子《りようこ》は言って、フウッと息をついた。

「楽じゃないわね、海外旅行も」

涼子が手にしているのは、〈おみやげリスト〉。

方々の見物も大切だが、主婦、涼子としては、「普段お世話になっている方々へのおみやげ」を買うのも、同じくらい大切なことなのである。

今日も、ウィーン一の目抜き通り、ケルントナー通りを歩き回っていた。

「お腹空《なかす》いた」

と、虎《とら》ちゃんのお守りを頼まれているみどりがため息と共に言った。

「ね、虎ちゃんもお腹空いたでしょ？　ママにそう言ったら？」

しかし、虎ちゃんの方は、結構買い物が面白いようで、キョロキョロしながら歩いている。

「みどり、ちゃんと見てないと、迷子になるわよ」

と、千代子《ちよこ》が言った。

「虎ちゃんが？　それとも私が？」

「どっちもよ」

——みどりと千代子は、クロロックの招待でウィーンへ来ているので、

「涼子の買い物に付き合ってやってくれんか」

と言われれば、いやとは言えない。

「——半分残ってるって、何のこと？」

と、みどりが千代子へ訊《き》く。

「おみやげ買わなきゃいけない相手じゃない？」

「まだ半分？　これで？」

みどりが急にぐったりと肩を落として、

「くたびれた！」

半分といっても、その大部分は、「適当なチョコレートでも買ってけばすむ」程度の相手。

一人一人、好みや趣味を考えて選ぶのに、かなり手間取ったのである。

「あら、もうお昼ね」

有名ブランドのブティックから出て、涼子が言った。

みどりは大きく肯《うなず》いて、

「そう！　ここはやっぱり――」

「早く買い物すませなきゃ。この先のグラーベン通りにも、お店が沢山並んでるのよ」

と、涼子はスタスタと行ってしまう。

みどりは、めまいがしそうだった……。

「――にぎわってるけど、怖いわね」

と、千代子が言った。

「何が？　お腹空くのが？」

「違うわよ！　あの中央墓地の出来事とか考えるとさ、もっと町中大騒ぎになってても良さそうなのに」

「みんな信じてないんでしょ。信じたくないことは信じないのよ」

みどりが珍しく哲学的なことを言った。

「まあね」

千代子は少し不安げに、ケルントナー通りの人ごみを見渡して、

「もし、ここにあんな死人たちが現れたら、それこそ大パニックだわ。――エリカたち、早く空港から戻らないかしら」

「私、それよりお腹が空いて……」

もはや、お腹の空き具合以外、考えられなくなっているみどりだった。

だが、そのとき、虎ちゃんがタッタッとママを追いかけて行くと、

「マンマ、マンマ」

と、裾《すそ》を引っ張ったのである。

「あら、虎ちゃん、もうお腹が空いたの？」

と、涼子が足を止めて、

「そうね。それじゃ何か軽く食べましょうか」

みどりは、虎ちゃんに向かって、ひそかに手を合わせたのだった……。

四人は、シュテファン教会に近いカフェに入った。

カフェといっても、軽い食事ができる、大きな店だ。

「私、スープとスパゲティとサンドイッチ」

みどりがむちゃくちゃな頼み方をして、店員をびっくりさせた。

千代子が簡単な英会話ならこなすので、注文する役。

「虎ちゃんのオムツを替えてくるわ」

と、涼子が虎ちゃんを抱っこして席を立つ。

「――死にそ」

と、みどりがテーブルに伏せてしまう。

「しっかりしなさいよ」

千代子が苦笑した。

「ほら、もうスープが来た」

二階建てのカフェで、一階は半分がケーキ売り場になっている。四人は少し空いた二階の席についていた。

早速出て来たスープを、みどりは猛烈な勢いで飲み干した。

「熱くない？」

と、千代子が呆《あき》れて訊くと、

「感じる暇《ひま》がなかった」

と、みどりは言った。

そのとき——店の外で何やら騒ぎが起こった。

「何かしら？」

と、千代子が腰を浮かすと、

「きっと、お腹空かして、みんなが騒いでんのよ」

「——ね、見て！」

窓の所まで立って行った千代子は、店の前の通りを、一台のパワーショベルが進んでくるのを見て声を上げた。

立木も花壇も押し倒し、踏みつぶし、それは千代子たちの入っているカフェへと向かって来た。

あれは、空港へ着いてウィーン市内へ向かっているときに出くわした、「殺人パワーショベル」だ！

　今も、誰も乗っていないのに、まるで生きものでもあるかのように向きを変え、真っ直ぐカフェへと向いて停まった。

「みどり！　逃げなきゃ！」

と、千代子が叫んだ。

「虎ちゃんたちを連れて、早く！」

「やだ」

と、みどりは腕組みをして、

「注文したもの、食べない内は、何が来ても出ない」

「馬鹿！　料理作るどころじゃなくなるわよ！」

と千代子が言ったとき、カフェがグラグラと揺れた。

　そして、ガラスが割れ、板の裂ける音が一階から聞こえてくる。

「パワーショベルが突っ込んだ！　みどり、トイレはどこ？　虎ちゃんたちを――」

　メリメリと音をたてて、二階の床が大きく傾いた。

「危ない！」

テーブルがズルズルと動く。床はどんどん傾いていた。

千代子も、転んだ他の客にぶつかって転倒した。

「みどり！」

「スープだけでも飲んどいて良かった！」

「それどころじゃないでしょ！」

パワーショベルが二階の床を突き破った。

「伏せて！」

虎ちゃんたちを助けるどころではない。

千代子は必死で店の中の柱につかまった。

パワーショベルのキャタピラが動く、キュルキュルという音がして、店から後退していく。その後へ、二階が崩れ落ちた。

客たちが悲鳴を上げる。

「キャーッ！」

みどりの叫び声は、その凄《すさ》まじい騒音を貫いて響き渡った。

「みどり！」

「千代子！」

二人はゴロゴロと斜めの床を転がり落ちて、しかし幸い外まで投げ出されたので、歩道の傍《そば》の植え込みに落っこちた。

「——助かった！」

と、千代子が這い出して、

「みどり、大丈夫？」

「大丈夫なわけないでしょ！」

と言いながら、みどりも服はあちこち裂けているものの、すり傷くらいですんだらしい。

「ひどい……」

カフェは店先が完全に崩れていた。

「みどり、トイレどこかしら？」

「こんなときにトイレ？」

「違うわよ！　虎ちゃんたちがいるでしょ！」

「あ、そうか」

「一階か二階か……。どっちにしても、無事じゃすまないわね。——どうしよう」

「千代子、切腹する？」

「やめてよ」

と、そのとき——。

「ワア！」

と、威勢のいい声が、崩れたカフェの奥から聞こえて来た。

「あれ、虎ちゃんの声だ！　——虎ちゃん！」

「千代子さん！　どうなってるの？」

と、涼子の声。

「無事だったんですね！　良かった！　今、助け出すから——」

「千代子！」

と、エリカの声がした。

クロロックと二人、人をはね飛ばしそうな勢いで駆けてくる。

「エリカ！　ここに入ってたら、あのパワーショベルが——」

「涼子と虎ちゃんは？」

「クロロックさん、この中です。声がしたので、無事なのは分かったんですが」

「待て」

さすがに、クロロックも青ざめていたが、

「エリカ。私が二階を支えとるから、その間に」

「分かった。――二人とも、退《さ》がって」

クロロックはマントを翻《ひるがえ》し、崩れ落ちた二階の床へ手をかけると、

「ヤッ！」

と声をかけ、ぐいと持ち上げた。

バラバラと壁土やガラスが落ちてくる。

「今行くよ！」

と、エリカが叫ぶと、埃《ほこり》の舞う、その隙間《すきま》へと飛び込んだ。

そして、アッという間に右手に涼子、左手に虎ちゃんを抱えて戻ってくる。

集まって来ていた見物人は、エリカとクロロックの働きに目を丸くするばかりだった。

「二人をお願い。他のけが人を運び出す」

エリカは店の中へ取って返すと、けがをした客や従業員を次々にかついで来た。

「——もういないわ。奥の調理場の人は、裏から逃げた」

「よし。お前も退がっとれ」

クロロックは、二階の床を支えていた手を離して、一歩で数メートルも先まで飛んだ。

音と砂埃を立てて、二階の床は完全に崩れ落ちた。

集まった人々から拍手が起こる。

「あなた！」

と、涼子がクロロックに抱きついてキスした。

「怖かったろう。ケガはないか？」

「それが、この店のトイレ、地下なの。上って来たら崩れてて……。何があったの、一体？」

千代子とみどりは顔を見合わせた。

「運が強いわね！　きっと何百年も長生きするわ」

と、千代子は言った。

「スープしか飲まなかった……」

と、みどりが悲しげに首を振っていると、

「君……」

と、みどりの肩を叩いたのは、大柄な金髪の男性。

「は？」

男の言葉をクロロックが翻訳して、

「さっき、凄《すご》い悲鳴を上げたのは君か、と訊いとる」

「自分じゃよく分かんないけど……。たぶん、イエス」

男は何やら名刺を出して、みどりに渡した。

「——何ですか？」

「ここのオペラハウスのスタッフだそうだ。あの悲鳴を聞いて、こんな大声が出るとは素質があると……」

回廊の嵐

古びた、長い大きなテーブルを、枢機卿《すうきけい》たちが囲んでいる。

会議とはいっても、静かなものだ。話し合って次の法王を決めるわけではない。

投票をくり返す。――何度も。

その内に、候補が何人かに絞られ、自然、唯一人《ただ》決まってくるのである。

「――さあ、第一回の投票が終わった」

と、クリストファーが一同を見回して、

「開票しよう。いいかね？」

誰も発言しなかった。

――アントニオはその場の空気から、クリストファーが次の法王に決まるだろうと思っていた。

アントニオの方へ注意を向ける者は一人もいない。

そうか。──俺はやはりどこかの片田舎《かたいなか》で司祭をやっているぐらいが似合いなのだ。

法王か。──アントニオ法王？

似合わないな。

アントニオは、口の端をちょっと歪《ゆが》めて声をたてずに笑った。

「リッカルド。何かあるのか？」

と、クリストファーが言ったので、アントニオは初めて気付いた。

リッカルドが顔を真っ赤にして、体を震わせている。汗が凄《すご》い勢いで流れ落ちる。

「リッカルド！　外へ出よう」

アントニオは、立ち上がるとリッカルドの腕を取った。

突然、リッカルドは、野獣のような声で吼《ほ》えると、テーブルの上に飛び上がった。

そして、クリストファーの前に重ねてあった投票用紙を両手でわしづかみにすると、口の中へねじ込んだのである。

誰もが唖然としていたが、

「──何をする！」

「よせ、リッカルド！」

と、何人かが我に返って叫んだときは、もうリッカルドはすべての投票用紙を食べてしまっていた。

「何ということを……」

クリストファーが愕然《がくぜん》とする。

リッカルドは、高笑いをする。

「いくらでも食ってやる！　お前らのような連中が法王になろうとしている内はな！」

「リッカルド、正気を取り戻せ！」

アントニオがテーブルに上がって、リッカルドの体をギュッと抱きしめると、

「一緒にいてやる。──な、リッカルド」

「アントニオ……」

リッカルドの、いつもの赤ら顔が、一段と濃い血の気の色となっている。

「お前が法王になるべきだ！」

「リッカルド。──分かった。分かったから行こう」

アントニオが、リッカルドを何とかテーブルから下ろすと、会場から連れ出そうとした。

リッカルドが振り向くと、大声で何かわめいた。

「リッカルド！　来るんだ！」

アントニオはリッカルドを廊下へと引っ張り出した。

後の会場は、重苦しい空気に包まれた。

「──リッカルドは病気だ」

と、クリストファーが言った。

「さあ、もう一度、投票をやり直そう」

「リッカルドとアントニオの分は？」

「とりあえず、二人は抜きでやろう」

クリストファーの言葉に、誰もが反対しなかった。

「では──」

と言いかけたとき、

「失礼します」

と、世話係の司祭が入って来た。

「何だね？」

「お客様がみえまして」

「コンクラーベの間、客とは会えない。それぐらい分かっているだろう」

クリストファーが苛々《いらいら》と言った。

「それはよく承知しておりますが、ぜひ今でないと、と……」

「誰だ、客というのは？」

「オスカー様の弟様です」

「オスカーの？」

オスカー枢機卿の名は、誰しも無視できなかった。

生きていれば、まず間違いなく次の法王になっていた人物である。

「分かった。会おう。しかし、この席には――」

と、クリストファーが言いかけると、

「失礼します」

と、司祭を押しのけるようにして、

「私はフリッツ・小倉《おぐら》。オスカーの弟です」

「あなたのことは、オスカーから伺《うかが》ったことがある」

と、一人の枢機卿が言った。

「確かウィーン大の教授でしたな」

「それはともかく、この席へ入って来ては困る」

と、クリストファーが立ち上がった。

「よく承知しています」

と、フリッツは肯《うなず》いて、

「しかし、一刻を争うのです。今、ウィーンでは大変なことが起きている」

「ウィーンで？」

「TVを見て下さい。すぐにお分かりのはず」

「ここにはTVなどない。一体何を……」

司祭が咳払《せきばら》いして、

「あの……実は」

「何だ？」

「私、ＴＶを……」

「何だと？」

「サッカーの中継が、どうしても気になりまして、つい……」

司祭が衣の中からポータブルＴＶを取り出すと、笑いが起きた。

クリストファーが渋い顔で、

「分かった。では――ニュースが映るか？」

スイッチを入れて少しすると、

「信じられない出来事です！」

と、アナウンサーが叫ぶのが聞こえてくる。

「ウィーンの通りを、半ば白骨化した死者の群れが歩いています！　これは映画やＴＶのドラマではありません！」

チラチラと乱れながら、映像にはノロノロと歩む死者の姿が映し出されている。

「――何ごとだ！」

と、クリストファーは息をのんだ。

「このコンクラーベを長引かせ、カトリック信者の要《かなめ》がいない空白を狙って、〈悪〉が息をふき返しています」

とフリッツは言った。

「兄、オスカーは、死の直前、手紙で『我々の中に、悪魔の手先がいる』と書いて来ました」

「それは誰だね？」

「分かりません。名を聞く前に、オスカーは亡くなりました。そいつの企《たくら》みでしょう」

みんなが顔を見合わせる。

「――リッカルドだ！」

と、一人が言った。

「さっきの行動は、悪魔の手引きだ」

「何があったのです？」

と、フリッツは訊いた。

クリストファーが、ここでの出来事を説明すると、

「リッカルドは、アントニオを法王に、と叫んでおったが……」

「あの二人がぐるでは？」

「審問を開こう！」

と、声が飛んだ。

「お待ち下さい」

そこへ入って来たのは、ルネだった。

「私の妻です。どうした？」

「お互い疑い合っていては、向こうの狙いにはまるだけです」

と、ルネは言った。

「ここに手先がいるといっても、枢機卿の方とは限りません。どうか長年の友情や信頼をお忘れにならないで下さい」

――しばし会場は静かになった。

そして、クリストファーが肯くと、

「おっしゃる通りだ。我々の信仰も、危ないものだった」

と言った。

「――アントニオ様が、ぜひお話をと」

戸口に、ホセ司祭が立って言った。

「分かった。行こう」

クリストファーはホセについて行こうとしたが――。

「待って！」

と、ルネが叫んだ。

「その人――。フリッツ先生！　その人、大学を退学になったパブロです！」

「何だと？」

ホセが目を見開いて、ルネをキッとにらみつけると、

「畜生！　邪魔しやがって！」

と、衣の下から手を出す。

拳銃が握られていた。ルネが、

「危ない！」

と、飛び出して、フリッツの前に両手を広げて立ちはだかる。

銃声が轟《とどろ》いて、ルネは胸を押さえて倒れた。

「貴様！」

フリッツが飛びかかると、ホセを押し倒し、殴《なぐ》りつけた。

「——何ごとだ？」

アントニオがびっくりして駆けつけて来た。

「この男は悪魔の手先です」

フリッツは立ち上がると、急いでルネの方へ駆け寄る。

「ルネ！」

「フリッツ……。私はいいから……早く、法王を……」

ルネが途切れ途切れに言った。

「——何ということだ」

アントニオは愕然として、

「では、あのテープも？」

「テープとは？」

アントニオが呻《うめ》き声を上げて、床に膝《ひざ》をつくと、

「何という愚か者だ、私は！——クリストファー、君が法王だ」

「アントニオ」

「みんなも異存あるまい」

回廊が暗くなり始めていた。

「早く中へ！」

と、ルネが叫んだ。

「私を置いて行って！」

「馬鹿な！」

「血で、悪魔が中へ入るのを防ぐわ。その間に法王を――」

「ルネ！」

「急いで！」

フリッツに支えられて立ち上がると、ルネは枢機卿たちを会場の中へ入れ、

「あなたも早く」

「僕は君といる」

「いけません。連れて行かれるわ」

影が、アメーバのように動いて回廊をふさいで来た。

ホセがその影に呑み込まれて、悲鳴を上げると、体がバラバラに引き裂かれた。

「あなたもああなるわ！　早く中へ！」

フリッツを押し込むと、ルネはそのドアにもたれかかった。流れ出る血がドアを伝い落ちる。

「中には入れないわ！」

と、ルネが叫んだ。

「食い殺すぞ！」

「どうぞ。——この血にかけて、止めてみせる」

ルネは胸を張った。

——中では、手続きにのっとり、クリストファーが次の法王に選出されていた。

「お受けいたします、主の御名《みな》において」

と、クリストファーが祈る。

会場の中が静まり返った。

ゴーッという音が、回廊に轟き渡り、やがて遠ざかった。

「——すんだ」

と、フリッツが言って、

「TVを」

ウィーンの市街で、歩いていた死者たちが次々に崩れ落ちて、灰と化していた。

「ルネ！」

フリッツがドアを開けると——ルネは冷たい石の床の上に、横たわっていた。

「早く医者を！」

と、一人が叫んだ。

しかし、もうルネの青白い頰に、血の色は失せていた。

フリッツはルネを抱き上げて、強く抱きしめた。

ルネの顔には穏やかな笑みが浮かんでいた……。

エピローグ

風が墓地を渡って行った。

「気の毒なことをした」

と、クロロックが言った。

「いえ、本人はきっと満足していたでしょう」

と、フリッツ・小倉《おぐら》は、ルネの墓の前に立って言った。

「自分の命と引き換えに、この世の終わりを食い止めたのですから」

「全くだ」

「私は、この墓を守って暮らします。――では」

フリッツはクロロックと握手をして、

「大学へ戻らねば。――講義がありまして」

「達者でな」

クロロックとエリカは、急ぎ足で立ち去るフリッツの後ろ姿を見送った。

「『第三の男』のラストシーンと似てるね」

と、エリカが並木道を歩き出しながら言った。

「うむ……」

クロロックは何やら考え込んでいる。

「お父さん。――でも、これで片付いたの?」

「いや、そうではない。今は一旦波が引いただけだ」

と、クロロックは言って、空を見上げ、

「考えてみろ。〈悪〉は、キリストが生まれるより遥《はる》かに以前、何千年も前からこの世に存在している。ローマ法王が死んだからといって、いつも死者がよみがえることはあるまい?」

「そうだよね」

「〈悪〉は、人間のおごりや慢心につけ込んで、いつでもやってくる。ただ、今回は大がかりな作戦だったのだ。ウィーンで死者がよみがえり、法王が決まらないまま、教会は何もできないとなれば、人は祈りをやめる。祈りなど何の力もない、と思ってしまう」

「それが目当てだったの？」

「そうだ。――人間は、悪いと分かっていることをするより、正しいと信じていることをするときの方が、恐ろしいことを平気でやるものだ」

「魔女狩りみたいに？」

「あるいは吸血鬼狩りのようにな」

と、クロロックは肯《うなず》いて、

「教会が当てにならないとなれば、パニックになった人々は、誰か〈悪役〉を探して、それを攻撃しただろうな」

「それこそ〈地獄〉だね」

「〈悪役〉にされた側は、何の弁明もできぬまま滅ぼされて行く。――歴史は何度もそんなことをくり返しているが、人間はまた同じことをやるのだ」

クロロックはため息をついて、

「長生きも辛《つら》いものだ。人間の愚かさを、くり返し見せつけられるのだからな」

と言った。

「でも、今回はともかく、何とか食い止められたよ」

エリカは足を止めた。

「——お父さん」

「大丈夫だ」

墓地の中へ、あの無人のパワーショベルがガタガタと音をたてて入って来た。

しかし、そこには「敵意」が感じられなかった。

「——どうやら、ルネの墓を捜しに来たようだな。ついて来い！」

クロロックが手招きすると、パワーショベルはキャタピラを唸《うな》らせてついて行った。

「この墓だ」

クロロックがルネの墓の前で足を止めると、パワーショベルは、そこへ来て、墓の方へ向かって停まった。

「これを使っていた男は、ルネと仲が良かったようだな」

「うん。確か、マックスとか……」

突然、パワーショベルが炎に包まれた。

鉄の塊《かたまり》が、まるで紙のように燃え上がる。

「──行こう」

と、クロロックは促して、

「いかん。涼子《りょうこ》の最後のショッピングに付き合う約束だった!」

と駆け出した。

「お父さん、待って!」

エリカもあわてて後を追って走り出す。

「第三の男」にはとても及ばない、妙なラストシーンだった……。


──おわり──

二十冊目を迎えて

赤川《あかがわ》次郎《じろう》

早いもので、「吸血鬼はお年ごろ」シリーズも、本書で二十冊になった。十冊目の『湖底から来た吸血鬼』が一九九一年の発行なので、ほぼ一年一冊のペースで刊行して来たことになる。

時は移り、二十一世紀に私たちは生きている。クロロックも、何百年も生きているという設定ながら、まさか二十一世紀までこき使われる（？）はめになるとは思っていなかっただろう。

二十年以上にわたって書き続けてきたこのシリーズ、今の読者の中には、シリーズが始まった後に生まれた、という人も多いに違いない。

その間、私たちの暮らしはずいぶん便利になった。ことに、このわずか四、五年の間に私たちの間に行き渡った「携帯電話」や「メール」「インターネット」などは、物語の進み方まで変えてしまうほど、大きな変化をもたらした。

読者の多くも「ケータイ」を持ち、「メール」で友だちと連絡を取り合っていることだろう（ちなみに、作者は「ケータイ」を持ってはいるが、「電話」以外の機能は全く使えない）。

けれど、技術は進歩しても、人間が賢くなったわけではない。

二十一世紀、世界は前にも増して激しい戦火にさらされている。もし、クロロックのように何百年も生きて来た吸血鬼が本当に存在したら、「人間は何と愚《おろ》かな生きものか」と嘆《なげ》くことだろう。

この小説は、もちろん楽しんで読んでいただくために書いている。しかし、同時に、エリカやクロロックに託して、「こういう風に生きてほしい」という作者のメッセージもこめられているのだ。

エリカもクロロックも年齢《とし》をとらない（作者は年齢をとるが）。

彼らの冒険を共に楽しみながら、「未来のために、自分に何ができるか」と考えてみてほしい。

今のペースで行くと、十年後には「シリーズ三十冊」の「あとがき」を書いていることになるが、それまでに世界は少しは平和になっているだろうか。
それとも——。

※このあとがきは、二〇〇二年七月の集英社コバルト文庫版刊行時に掲載されたものです。

解説

濱《はま》井《い》　武《たけし》

赤川次郎《あかがわじろう》ミステリーワールドへようこそ。

この『吸血鬼と栄光の椅子』は、二〇〇二年に集英《しゅうえい》社のコバルト文庫で刊行されていた作品を、今回装いも新たに集英社文庫から出されたものです。

主人公は神代《かみしろ》エリカ。このシリーズ第一作『吸血鬼はお年ごろ』では高校生だったのに、今や大学生。お父さんはルーマニアの故郷トランシルヴァニアから日本に逃れてきた「正統吸血族」の末裔《まつえい》であるフォン・クロロック伯爵。日本人の母との間に生まれた美しい「半吸血鬼」です。だから、父親ほどではなくても、ちょっとだけ人間離れした力を持ち合わせています。

妻を亡くしたクロロックは、なんと娘のエリカより一つ年下の、若い涼子《りょうこ》と再婚し、虎《とら》ちゃんという男の子も生まれ、ご先祖さまが知ったらさぞかしお嘆きになるような、恐妻家のマイホームパパに成り下がっています。

本書は、クロロック一家の家族旅行に、エリカの親友、大月千代子《おおつきちよこ》と橋口《はしぐち》みどりも合流して、オーストリアの首都ウィーンに出かけ、次々と不思議な事件に捲き込まれる、という長編小説です。

いまサラッと言ってしまいましたが、この本は「吸血鬼」シリーズの中でも、二つ大きな特徴があるのです。

一つは、これが長編であること。このシリーズの愛読者ならご存じのように、もともと雑誌コバルトに掲載された短編を三編ずつまとめて一冊にした文庫がほとんどですから、長編小説はとても珍しい。

もう一つは、物語の舞台がはっきりとウィーンであり、カタコンベ（地下墓地）やカトリック教会の法王を時間をかけて選ぶ、文字通り根比《こんくら》べのような「コンクラーベ」というシステムが背景となっています。

赤川さんの小説は、現実の「場所」や「時」をあえて記さずに、「とある町の、とある駅で、ある日」といった具合に、普遍的な描写が多いことを特徴にあげる人もいます。

その赤川作品にしては珍しく、舞台が確定しているのです。これは多分、クラシック音楽好きの赤川さんにとって、しばしば訪れているウィーンならば安心して書ける、というところではないでしょうか。

この吸血鬼シリーズは、圧倒的な数の読者に愛されて、数多い赤川さんのシリーズものの中でも、三毛猫ホームズのシリーズに次ぐ巻数を誇っています。

そしてかく言う私は、エヘン、三毛猫ホームズ・シリーズ第一作の担当者でした（年を食っているというだけで、威張るほどのことじゃないか）。

私にとって赤川次郎さんとの出会いは、「幸運」という以外の何ものでもありません。

当時、光文社《こうぶん》という出版社で、新書判で推理小説を出すカッパ・ノベルス編集部にいた私は、鉄道ミステリーの草分けとも言われた本格推理作家の鮎川哲也《あゆかわてつや》さんと、鉄道ミステリーの傑作選集を編《あ》んでいました。その一、二巻がわりと評判がよかったので、じゃあ第三巻も作ろうということになり、今度は女性作家と新人作家をできるだけ入れて、変化をつけることにしました。

丁度《ちょうど》そのとき、「オール讀物《よみもの》」推理小説新人賞に入選した赤川次郎さんの「幽霊列車」という短編小説が目に留《と》まったのです。読んでみると面白《おもしろ》いし、鉄道もののアンソロジーにピッタリです。鮎川さんも大賛成で、さっそく赤川さんと交渉し、収録のOK《オーケー》をもらいました。

ところがしばらく経って、赤川さんより電話が入り、この話に文藝春秋《ぶんげいしゅんじゅう》社の編集部から「待った」がかかったというのです。

「幽霊列車」に出てくる女子大生と中年刑事のコンビを主人公にした短編を「オール讀物」に書いてもらって本にまとめたいから、他社のアンソロジーに入れられては困る、ということでした。そのときの赤川さんの顔色は、テレビ電話ではないのでわかりませんでしたが、真っ青《まさお》になっていたのではないでしょうか。

これは文春《ぶんしゅん》の言うことが道理に適《かな》っていますし、ここで我々が横車を押せば、新人作家と文春との間もこじれるだろうと、鮎川さんと相談して、収録を断念しました。

その上で鮎川さんは、入れるはずだった『見えない機関車』のあとがきの中で、「残念といえば、赤川次郎氏の《幽霊列車》を採《と》れなかったこともその一つである。これは他日べつの社から赤川次郎短編集として刊行される予定になっているため、本巻に収載することは遠慮せざるを得なかった。鉄道短編として出色の作品であるだけに、編者の落胆は大きかった」

とまで書いてくれています。

それにしても、「オール讀物」が、まだスタートしたばかりの新人に、続けて短編を書いてもらって、それを本にまとめたい、という話を聞いたとき、「あ、時代が変わったな」という気がしたことを、今でも覚えています。

当時、文藝春秋という出版社は、横柄《おうへい》、じゃなかった、頭《ず》が高い、でもなかった、品格を重んじる会社という印象を多くの編集者が持っていましたので、新しい流れを敏感にキャッチする人もいるんだ、と感心した次第です。

こうして、せっかく縁ができたのだから、カッパ・ノベルスに長編書き下ろしを書いてみませんか、ということになり、赤川さんからすぐに何作分かのプロット（あらすじ）が送られてきました。

そしてその中に、あの「三毛猫ホームズ嬢の冒険」（刊行時の題名は『三毛猫ホームズの推理』）があったのです。しかも別のプロットも、「ひまつぶしの殺人」、「プラットフォームα《アルファ》」（刊行時『ビッグボートα』）といった具合で、どれもがべストセラーになってしまったあたりが、赤川さんのなんとも凄いところです。

そして、あれよあれよという間に、どの出版社から出た作品も、多くの読者に迎えられることとなりました。

或る作家が「赤川次郎という人は、満遍《まんべん》なく出版社に幸いをもたらしてくれるから、天使のような存在だ」という趣旨のことを書いていたのを記憶します。これは多作という才能もなければできない相談です。

一方、いかに赤川さんが稀有《けう》な才能の持ち主であり、多様な読者に応じるだけの引き出しをたくさん持っていたにしても、その力を発揮できる環境を提供する出版社という存在も不可欠だったでしょう（これって我田引水《がでんいんすい》？）。

徳間《とくま》、講談《こうだん》社、文春、光文社など、やや年令の高い読者を相手にする出版社と、コバルトに代表される集英社や角川《かどかわ》、学研《がっけん》といった、若い読者層に強いところがあいまって、読書史上空前の赤川現象が可能だったのではないでしょうか。

白状しますが、この解説を書かせてもらうにあたって、私は慌《あわ》てて吸血鬼シリーズをまとめ読みしました（編集者というものは、いえ私は、他社の作品をあまり読んでいないのです）。

一気《いっき》に続けて読んで感じたことは——赤川さんはこの吸血鬼シリーズを（締め切りの苦しさは別として）、のびのびと楽しんで書かれていたんじゃないかな、ということでした。

クロロックが、妻の涼子にこき使われている件《くだり》を見ると——

「そりゃそうよ。一家の主《あるじ》だもの」

こういうときになると、突然、「一家の主」になってしまう。亭主というものは辛いものなのである（著者が「一家の主」になるのは奥さんの買い物のカード伝票にサインするときだけである）。

私は思わず吹き出してしまいました。これは日頃赤川さんが私たちにこぼしていたことではありませんか！　まさかそれを活字で読めるなんて。

家ではだらしのないクロロックパパも、事件を解決するためには超人的な力を発揮して、エリカたちの危機一髪を救ってくれる頼もしい吸血鬼となります。

古来ヨーロッパでは、さまざまな吸血鬼伝説があったそうですが、ふつう私たちがイメージする吸血鬼とは、十九世紀末にアイルランドの作家ブラム・ストーカーが書いた小説『ドラキュラ』と、それを映画化した『魔人ドラキュラ』とによって定着した、といわれています。

赤川さんはこれを発展させて趣向を凝《こ》らし、昼間でも石棺の中で眠っていないで歩き回り、本来活動すべき夜中にはグッスリ眠ってしまい、大切なマントに虎ちゃんがミルクをこぼせばクリーニングに出し、ちょっとズルして人の血を吸ったら娘のエリカにいさめられる、といった独自の吸血鬼像を創りあげています。

著者がクロロックに籠めた思いには、故郷を追われた者の悲しみと、不条理に対する憤《いきどお》りがあり、それが「寛容にしてヒューマニズム精神あふれる吸血鬼」を創り上げているのだと思います。

このシリーズでたびたび事件の鍵となっている魔女の呪いにしても、近世まで実際に行われていた魔女狩りについて赤川さんは関心があり、まえに金沢学院《かなざわがくいん》大学の客員教授として、このテーマを講義なさったのを、聴いたことがあります。

むりやり魔女にされて火あぶりにされた女性の怨念を、小説の中で幻《まぼろし》として再現させることで、正義の名のもとに誤ちを犯す人間の怖さを、私たちに伝えようとしているのではないでしょうか。

いや、勝手に舞い上がりすぎました。

この小説では、不気味な地下墓地の中で迷子《まいご》にならないように気をつけながら、赤川さんが仕掛けた迷路のほうには、見事にはまってしまう快感を、ご一緒に味わいましょう。

（はまい・たけし　元・光文社編集者）

この作品は二〇〇二年七月、集英社コバルト文庫より刊行されました。

集英社文庫

吸血鬼《きゅうけつき》と栄光《えいこう》の椅子《いす》

2019年2月25日　第1刷
2020年1月21日　第2刷

定価はカバーに表示してあります。

著　者　赤川次郎《あかがわじろう》

発行者　徳永　真

発行所　株式会社　集英社
東京都千代田区一ツ橋2-5-10　〒101-8050
電話　【編集部】03-3230-6095
【読者係】03-3230-6080
【販売部】03-3230-6393(書店専用)

印　刷　大日本印刷株式会社

製　本　大日本印刷株式会社

フォーマットデザイン　アリヤマデザインストア　　マークデザイン　居山浩二

ISBN978-4-08-745842-8 C0193